Learn German with
with
Heroes and Legends

German B1 Reader

Brian Smith

German Graded Readers

For more books and E-book options visit:

www.briansmith.de

Siegfried

1. Siegfrieds Jugend

In der malerischen Stadt Xanten am Rhein wurde in einem großen Schloss ein Junge namens Siegfried geboren. Das ganze Königreich war voller Freude, denn er war der Sohn des mutigen Königs Siegmund und der schönen Königin Sieglinde.

„Er wird eines Tages ein großer König sein", flüsterte eine der Ammen, während sie ihn in ihren Armen hielt.

Als Siegfried heranwuchs, zeigte er schon in jungen Jahren unglaubliche Fähigkeiten. Er konnte schneller rennen und höher springen als die anderen Jungen seines Alters. Aber es war nicht nur seine körperliche Stärke, die ihn auszeichnete. Er hatte auch einen mutigen Geist.

Eines Tages hörte er Geschichten über eine ferne Burg. „In dieser Burg", erzählte ein alter Mann im Dorf, „lebt die schönste Prinzessin namens Kriemhild."

Siegfrieds Augen funkelten vor Neugierde. „Ich möchte diese Prinzessin kennenlernen", sagte er.

Auf seinem Weg zur Burg begegnete Siegfried zwei Zwergen. Sie bewachten den Nibelungenhort, einen sagenhaften Schatz. Die Zwerge waren misstrauisch und versuchten, Siegfried anzugreifen. Aber mit seiner Stärke und Geschicklichkeit besiegte er sie und nahm den Schatz an sich.

Nicht lange danach stieß Siegfried auf einen furchterregenden Drachen. Anstatt Angst zu haben, stellte er sich dem Drachen mutig entgegen. Nach einem langen Kampf gelang es Siegfried, den Drachen zu besiegen. Er hatte gehört, dass das Baden im Blut eines Drachen einen unverwundbar machen könnte. Ohne zu zögern, badete Siegfried im Drachenblut. Als er aus dem Blut herauskam, fühlte er sich stärker als je zuvor. Aber während er badete, fiel ein Lindenblatt auf seinen Rücken und ließ eine kleine Stelle ungeschützt.

Mit einem Lächeln auf dem Gesicht, sagte Siegfried: „Jetzt bin ich fast unbesiegbar!" Er wusste jedoch nicht von der kleinen ungeschützten Stelle auf seinem Rücken.

Von dem Gold, das er vom Drachen genommen hatte, schmiedete Siegfried ein starkes Schwert. Er nannte es Balmung. Mit Balmung an seiner Seite fühlte er sich bereit, jedes Abenteuer zu bestehen.

„Ich werde nach Worms reisen und die schöne Prinzessin Kriemhild gewinnen", sagte er entschlossen. Mit diesem Gedanken im Kopf und Balmung in seiner Hand machte er sich auf den Weg.

Auf seiner Reise nach Worms dachte Siegfried oft an Kriemhild. „Wie wird sie aussehen? Wird sie mich mögen?", fragte er sich.

Als er die Tore von Worms erreichte, war er bereit, das Herz der Prinzessin zu erobern. Aber er wusste, dass der Weg dorthin nicht einfach sein würde. Er war jedoch bereit für jedes Abenteuer, das vor ihm lag.

„Ich bin Siegfried aus Xanten", sagte er zu den Wachen am Tor. „Ich bin hier, um die schöne Prinzessin Kriemhild zu treffen."

Die Wachen tauschten Blicke aus. „Der Prinzessin wird sicherlich interessiert sein, dich zu treffen", sagte einer von ihnen.

Mit einem Lächeln auf dem Gesicht betrat Siegfried das Königreich Worms, bereit, das Herz der Prinzessin zu gewinnen und viele weitere Abenteuer zu erleben.

Ammen - wet nurses

auszeichnete - distinguished

begegnete - encountered

besiegte - defeated

Burg - castle

Drachen - dragon

entgegen - towards

erzählte - told

funkelten - sparkled

furchterregenden - terrifying

geschicklichkeit - skill

Geschichten - stories

heranwuchs - grew up

kennenlernen - get to know

Königreich - kingdom

Lindenblatt - linden leaf

misstrauisch - suspicious

möglicherweise - possibly

Neugierde - curiosity

Nibelungenhort - Nibelungen treasure

Prinzessin - princess

sagenhaften - legendary

Schloss - castle

Schwierigkeiten - difficulties

Schwert - sword

stieß - encountered

tauschten - exchanged

Tore - gates

unglaubliche - incredible

ungeschützt - unprotected

unverwundbar - invulnerable

Wachen - guards

Zwergen - dwarves

2. Siegfried und Kriemhild

Worms am Rhein war eine prächtige Stadt, umgeben von hohen Mauern und wunderschönen Gärten. In einem großen Schloss in der Mitte der Stadt lebte Prinzessin Kriemhild mit ihren drei Brüdern: Gunther, Gernot und Giselher. Kriemhild war für ihre Schönheit und Anmut bekannt, und Geschichten über sie waren weit verbreitet.

Als Siegfried die Stadt betrat, wurde er sofort von Kriemhilds Anmut und Schönheit angezogen. Die beiden trafen sich im Garten des Schlosses.

„Wer bist du?“, fragte Kriemhild, von Siegfrieds Anblick fasziniert.

„Ich bin Siegfried, der Prinz von Xanten“, antwortete er und verneigte sich. „Ich habe von deiner Schönheit gehört und musste dich sehen.“

Kriemhild lächelte. „Ich habe auch Geschichten über deine Tapferkeit gehört. Es ist mir eine Ehre, dich zu treffen.“

Die beiden verbrachten Stunden miteinander und Siegfried verliebte sich Hals über Kopf in Kriemhild. Er wusste, dass er sie heiraten wollte.

„Kriemhild“, sagte er eines Tages, „ich liebe dich und möchte, dass du meine Königin wirst.“

Kriemhild errötete. „Ich habe auch Gefühle für dich, Siegfried. Aber meine Brüder müssen zustimmen.“

Gunther, der älteste Bruder, hatte jedoch andere Pläne. „Wenn du meine Schwester heiraten willst“, sagte er zu Siegfried, „musst du mir zuerst helfen, Brunhild, die Königin von Island, zu heiraten.“

Siegfried war überrascht. „Brunhild? Ich habe gehört, sie ist sehr mächtig.“

„Ja“, antwortete Gunther, „und sie hat Bedingungen für ihre Heirat gestellt. Kein Mann konnte sie bisher erfüllen.“

Mit Siegfrieds Stärke und Geschicklichkeit gelang es ihnen jedoch, alle von Brunhild gestellten Aufgaben zu erfüllen. Es gab Wettbewerbe im Speerwerfen, Bogenschießen und sogar Ringen. Mit Siegfrieds Hilfe konnte Gunther jeden einzelnen gewinnen.

„Wie hast du das gemacht?", fragte Brunhild erstaunt.

„Mit der Hilfe eines Freundes", antwortete Gunther, auf Siegfried zeigend.

Dank Siegfrieds Hilfe konnte Gunther Brunhild heiraten. Als Dank dafür gab er Siegfried die Hand seiner Schwester Kriemhild. Die beiden hatten eine prächtige Hochzeit und lebten einige Jahre glücklich zusammen. Sie hatten sogar einen Sohn.

Doch Brunhild war nicht zufrieden. Sie fühlte sich von Gunther getäuscht, weil er Siegfrieds Hilfe in Anspruch genommen hatte, um sie zu gewinnen.

„Das war Betrug", sagte sie eines Tages zu Kriemhild.

„Was meinst du?", fragte Kriemhild.

„Dein Mann hat deinem Bruder geholfen, mich zu täuschen", sagte Brunhild wütend.

Die beiden Frauen gerieten in einen heftigen Streit. Kriemhild verteidigte ihren Mann und sagte, dass Brunhilds Bedingungen unfair gewesen seien.

Inmitten dieses Konflikts überzeugte Brunhild Hagen, einen Vertrauten Gunthers, Siegfried zu töten. Sie erzählte ihm von der ungeschützten Stelle auf Siegfrieds Rücken.

Hagen schmiedete einen Plan. Eines Tages, während einer Jagd, stach er Siegfried von hinten mit einem Speer und tötete ihn.

Kriemhild war am Boden zerstört. Sie weinte Tag und Nacht um ihren geliebten Mann. Sie schwor, dass sie Rache nehmen würde.

„Brunhild und Hagen werden für das bezahlen, was sie getan haben", sagte sie.

Der Tod Siegfrieds führte zu einem großen Konflikt zwischen den Familien.

Anblick - sight, view

Anmut - grace, charm

aufgaben - tasks

Betrug - deception, fraud

Boden - ground, floor

Brunhild - Brunhild (name of a queen)

erfüllen - to fulfill, to meet (a condition)

errötete - blushed

fasziniert - fascinated

fühlte - felt

Gärten - gardens

Gerieten - got into, entered (a dispute)

getäuscht - deceived, tricked

Gunther - Gunther (a name)

Hagen - Hagen (a name)

heiraten - to marry

Hochzeit - wedding

Island - Iceland

Jagd - hunt, hunting

Konflikt - conflict

mitgeteilt - informed, communicated

Prächtige - magnificent, splendid

Rache - revenge

Ringen - wrestling

schmiedete - forged, devised

Spezielle - special

Stelle - place, spot

Streit - argument, dispute

täuschen - to deceive, to trick

tötete - killed

unfair - unfair

verbunden - connected, related

verneigte - bowed

vertrauten - confidant, trusted person

wütend - angry

zerstört - devastated

zufrieden - satisfied, pleased

zustimmen - to agree, to consent

3. Der Verrat an Siegfried

Das Königreich Worms war voller Geschichten und Legenden, doch keine war so tragisch wie die Geschichte von Siegfrieds Tod. Alles begann mit einem Geheimnis, das Hagen entdeckte.

In einer dunklen Nacht hörte Hagen ein Gespräch zwischen Kriemhild und einer ihrer Dienerinnen. „Siegfried hat nur eine Schwäche", flüsterte Kriemhild, „eine kleine Stelle auf seinem Rücken, die nicht vom Drachenblut berührt wurde."

Hagen, immer auf der Suche nach Macht und Einfluss, sah darin eine Gelegenheit. Er plante, Siegfried loszuwerden und den Nibelungenhort für sich zu beanspruchen.

Einige Tage später organisierte König Gunther eine große Jagd. Siegfried, in seiner typisch fröhlichen Art, war gespannt und begeistert. Als die Jagd begann, kam Hagen zu Siegfried.

„Siegfried", begann Hagen mit einer ernsten Miene, „ich habe Gerüchte gehört, dass einige bei dieser Jagd dir schaden wollen. Erlaube mir, deinen Rücken zu schützen."

Siegfried, der Hagen als einen Freund seines Schwagers ansah, war gerührt. „Danke, Hagen", antwortete er, „ich schätze deine Hilfe."

Doch als Siegfried sich abwandte, zog Hagen heimlich seinen Speer und stieß ihn mit aller Kraft in Siegfrieds verletzliche Stelle. Siegfried fiel zu Boden, das Leben aus ihm entweichend. Sein letzter Gedanke galt Kriemhild.

Kriemhilds Herz war gebrochen. Als sie von Siegfrieds Tod erfuhr, sank sie zu Boden und weinte bitterlich. „Das kann nicht wahr sein", schluchzte sie, „nicht Siegfried."

„Es war ein Unfall", erklärte Hagen, obwohl jeder in seinem Blick die kalte Berechnung sah.

Siegfried wurde in Worms mit großer Trauer beigesetzt. Kriemhild stand am Grab, ihr Herz erfüllt von Rache. Sie schwor, dass sie Hagen und alle, die an Siegfrieds Tod beteiligt waren, bezahlen lassen würde.

Der Nibelungenhort, jener sagenumwobene Schatz, wurde als Zeichen der Trauer in den Rhein versenkt. Es wurde gesagt, dass kein Sterblicher es je wieder sehen würde.

Die Jahre vergingen, aber Kriemhilds Schmerz und Wunsch nach Rache blieben. Sie blieb in Worms, obwohl ihre Brüder ihr rieten, weiterzuziehen. Aber sie konnte nicht. Nicht, solange Hagen noch lebte.

Eines Tages erfuhr sie von Etzel, dem mächtigen König der Hunnen. Er suchte eine Königin und Kriemhild sah darin eine Gelegenheit. Sie konnte mit seiner Hilfe ein neues Heer aufbauen, stark genug, um Hagen zu besiegen.

Etzel war von Kriemhilds Schönheit und Anmut beeindruckt. „Du wirst eine großartige Königin sein", sagte er.

„Ja", antwortete Kriemhild, „aber ich habe eine Bedingung."

„Was ist es?", fragte Etzel.

„Ich möchte, dass du mir hilfst, Rache an den Mördern meines Mannes zu nehmen."

Etzel, beeindruckt von Kriemhilds Entschlossenheit, stimmte zu.

Nach ihrer Hochzeit mit Etzel lud Kriemhild ihre Brüder und Hagen zu einem großen Fest in Etzels Burg ein. Es sollte ein Fest der Versöhnung sein, doch Kriemhild hatte andere Pläne.

„Willkommen in meiner neuen Heimat", begrüßte Kriemhild ihre Gäste mit einem falschen Lächeln.

Hagen, obwohl misstrauisch, konnte das Angebot nicht ablehnen. Er konnte nicht ahnen, welches Schicksal ihm bevorstand.

Während das Fest in vollem Gange war, konnte Kriemhild ihre Zeit abwarten. Sie wusste, dass ihre Rache bald erfüllt sein würde.

Abwandte - turned away

Beanspruchen - to claim, demand

Beeindruckt - impressed

Begeistert - excited, thrilled

Beigesetzt - buried, interred

Bevorstand - awaited, was in store for

Bitterlich - bitterly

Eindrucksvoll - impressively, strikingly

Einzige - only, sole

Entschlossenheit - determination, resolve

Entweichend - escaping, slipping away

Erklärte - explained, declared

Erlaubte - allowed, permitted

Erfuhr - found out, learned

Falschen - false, fake

Flüsterte - whispered

Gebrochen - broken

Gedanke - thought

Geheimnis - secret

Gerührt - moved, touched

Gespannt - eager, tense

Heimlich - secretly

Hunnen - Huns

Königreich - kingdom

Kraft - force, strength

Legenden - legends

Misstrauisch - suspicious, distrustful

Mördern - murderers

Nibelungenhort - Nibelung's treasure

Rhein - Rhine (river)

Sagenumwobene - legendary, mythical

Schicksal - fate, destiny

Schluchzte - sobbed

Schmerz - pain, sorrow

Schützen - to protect

Sterblicher - mortal, human

Stieß - thrust, pushed

Trauer - grief, sorrow

Unfall - accident

Versenkt - sunk, submerged

Versöhnung - reconciliation

Verrat - betrayal, treason

Voller - full of

Wunsch - wish, desire

Zeichen - sign, symbol

4. Das Rachebankett

Die Burg von König Etzel, im Herzen des Hunnenreiches, war beeindruckend in ihrer Größe und Pracht. An diesem besonderen Abend wurde sie von Fackeln erleuchtet, und die Luft war erfüllt von Musik und Gelächter. Als die Gäste aus Worms ankamen, wurden sie mit großem Pomp und Umständen empfangen. Kriemhild, in einem prächtigen Kleid, stand an der Spitze einer Treppe und begrüßte jeden Gast mit einem Lächeln.

„Willkommen, liebe Brüder", sagte sie und umarmte Gunther, Gernot und Giselher. „Es freut mich so sehr, euch nach all den Jahren wiederzusehen."

Hagen, der letzte in der Prozession, blickte misstrauisch umher. „Danke, Königin Kriemhild", sagte er mit einer leichten Verbeugung. „Es ist eine Ehre, hier zu sein."

Das Bankett begann in vollem Gange. Die Tische waren mit den feinsten Speisen beladen, und der Wein floss in Strömen. Doch hinter all dem Prunk und der Fröhlichkeit war eine Spannung zu spüren.

Kriemhild erhob sich und bat um Ruhe. „Ich habe euch alle hierher eingeladen", begann sie, „um eine sehr wichtige Frage zu klären." Sie blickte Hagen direkt an. „Wer hat meinen geliebten Siegfried ermordet?"

Ein Raunen ging durch den Saal. Hagen, obwohl nicht überrascht, fühlte sich plötzlich wie in der Enge getrieben. „Warum stellst du diese Frage, Königin?", fragte er mit fester Stimme. „Das ist Vergangenheit."

„Nicht für mich", erwiderte Kriemhild kalt. „Ich will Gerechtigkeit für meinen Mann."

Ehe jemand reagieren konnte, zogen Kriemhilds hunnische Wachen ihre Schwerter. Ein großer Kampf brach aus. Die Halle wurde zum Schauplatz einer gewaltigen Schlacht. Helden aus beiden Lagern kämpften mit einer Wildheit, die nur durch Verrat und Rache entzündet werden konnte.

Gunther, Gernot und Giselher verteidigten sich tapfer, aber einer nach dem anderen fielen sie. Ihre Todesschreie hallten in den Ohren ihrer Schwester, aber Kriemhilds Herz war zu verhärtet, um zu trauern. Ihr einziges Ziel war Hagen.

Inmitten des Chaos gelang es Kriemhild, Hagen in eine Ecke zu treiben. „Das ist für Siegfried", schrie sie und stürzte auf ihn zu. Mit einem einzigen Schwerthieb durchtrennte sie seinen Hals. Hagen fiel tot zu Boden.

Aber Kriemhilds Triumph war von kurzer Dauer. Plötzlich spürte sie einen stechenden Schmerz in ihrer Seite. Sie drehte sich um und sah Hildebrand, einen der größten deutschen Helden, mit gezogenem Schwert.

„Das ist für die Nibelungen", sagte er mit Tränen in den Augen und stieß zu. Kriemhild stürzte, das Leben aus ihr entweichend, zu Boden.

Die Schlacht war vorbei. Die Halle war ein Bild des Jammers. Körper lagen überall, und der Boden war rot vom Blut der Gefallenen.

Die Nibelungensage, eine der größten deutschen Legenden, endete in einer Tragödie. Der Schatz, der so viele Leben gekostet hatte, blieb für immer verloren im Rhein. Und obwohl die Jahre vergingen, wurde die Geschichte von Siegfried, Kriemhild, Hagen und den anderen Helden nie vergessen.

Die Geschichte endet hier, aber die Erinnerung an die mutigen Krieger und die unvergessliche Kriemhild lebt weiter. Sie lehrt uns über Liebe, Verrat und die unermessliche Macht der Rache. Und sie erinnert uns daran, dass manchmal, selbst in den dunkelsten Momenten, Helden geboren werden.

Bankett - banquet, feast

Beladen - laden, loaded

Bild - image, picture

Durchtrennte - cut through, severed

Ehre - honor

Eingeladen - invited

Einzige - only, sole

Empfangen - received, welcomed

Enge - narrowness, tight spot

Entzündet - ignited, inflamed

Ereignete - occurred, happened

Erhebend - uplifting, elevating

Erhob - rose, lifted

Erinnerung - memory, remembrance

Erwiderte - replied, retorted

Festen - parties, festivities

Fröhlichkeit - cheerfulness, joy

Fühlen - feel, sense

Gekostet - cost

Gezogenem - drawn

Gewaltige - massive, mighty

Großem - great, large

Größten - greatest, largest

Hallten - echoed, resounded

Helden - heroes

Hunnenreiches - Hunnic Empire

Jammers - misery, distress

Kampf - fight, struggle

Krieger - warriors, fighters

Lebte - lived

Mutigen - brave, courageous

Plötzlich - suddenly, abruptly

Prächtigen - magnificent, splendid

Prunk - splendor, pomp

Raunen - murmuring, whispering

Schauplatz - scene, stage

Schlacht - battle, fight

Schmerz - pain, ache

Schwerthieb - sword blow

Spürte - felt, sensed

Stechenden - stabbing, piercing

Stieß - pushed, thrust

Strömen - streams, flowing

Tapfer - brave, valiant

Tragödie - tragedy

Treibe - drive, propel

Triumph - triumph

Ungewissheit - uncertainty, doubt

Unvergessliche - unforgettable

Vergangenheit - past

Verhärtet - hardened, callous

Wiederzusehen - to see again, to reunite

5. Das Vermächtnis

Jahre nach den tragischen Ereignissen um Siegfried, Kriemhild und den Nibelungenhort breitete sich ihre Geschichte wie ein Lauffeuer in ganz Europa aus. In den dunklen und kalten Winternächten saßen die Menschen um die Feuer herum und lauschten den Barden und Geschichtenerzählern, die von den heldenhaften Taten und tragischen Schicksalen sangen.

„Habt ihr schon vom mutigen Siegfried gehört?", fragte ein alter Geschichtenerzähler eine Gruppe von Kindern, die gespannt um ihn herumsaßen.

„Ja, er war der Held, der den Drachen tötete!", rief ein kleiner Junge aufgeregt.

„Richtig", sagte der Erzähler lächelnd. „Aber wisst ihr auch von Kriemhild, der schönen Prinzessin, die ihre Liebe verlor und dann vom Pfad der Rache abkam?"

Die Kinder nickten eifrig.

„Ihre Geschichte ist eine Lehre für uns alle", fuhr der Erzähler fort. „Sie zeigt uns, wie Hass und Betrug das Herz verderben können. Und wie wichtig es ist, immer das Wohl der Gemeinschaft über persönliche Konflikte zu stellen."

In den folgenden Jahren wurde das Lied der Nibelungen in vielen Formen weitererzählt. Ein besonders berühmter Komponist namens Richard Wagner wurde von der Sage so inspiriert, dass er einen ganzen Opernzyklus schrieb, den er „Der Ring des Nibelungen" nannte.

„Wagners Musik ist atemberaubend", sagte ein junger Mann zu seinem Freund, nachdem sie eine Aufführung der Oper gesehen hatten. „Sie fängt all die Emotionen und Dramen der Geschichte ein."

„Ja", stimmte sein Freund zu. „Es ist, als ob er die Seelen von Siegfried und Kriemhild in seinen Noten eingefangen hätte."

Aber nicht nur in der Musik, auch in der Literatur, der Kunst und der Poesie lebte das Vermächtnis der Nibelungen weiter.

Siegfried, mit seiner unerschrockenen Tapferkeit und Stärke, wurde zu einem Symbol für Mut und Ehre. Kriemhild, mit ihrer tragischen Geschichte, wurde zu einer Warnung vor den Gefahren von Rache und Gier.

In den Dörfern und Städten wurde die Geschichte auch als eine Erinnerung an die Zerbrechlichkeit des Lebens erzählt. „Der Ruhm ist flüchtig", sagte eine alte Frau zu ihrer Enkelin. „Aber unsere Taten und Entscheidungen leben in den Geschichten weiter, die über uns erzählt werden."

Der verlorene Nibelungenhort, dieser unglaubliche Schatz, der so viele Leben kostete, wurde zum Symbol für unerreichbare Wünsche und die Vergänglichkeit des materiellen Reichtums.

„Es ist nicht der Goldschatz, den wir begehren sollten", sagte ein weiser alter Mann. „Sondern die wahren Schätze des Lebens: Liebe, Freundschaft und Mitgefühl."

Die tragischen Helden, Siegfried und Kriemhild, wurden zu Ikonen. Ihre Geschichten waren nicht nur Unterhaltung, sondern auch eine Mahnung an zukünftige Generationen. Sie lehrten die Menschen, auf die Konsequenzen ihrer Handlungen zu achten und immer das größere Wohl im Blick zu behalten.

So bleibt das Lied der Nibelungen ein Zeugnis der Kultur und Geschichte des Mittelalters. Es erinnert uns an die Höhen und Tiefen des menschlichen Daseins und an die ewige Suche nach Bedeutung und Verständnis.

Die Sonne ging unter, und der alte Geschichtenerzähler beendete seine Erzählung. Die Kinder klatschten begeistert in die Hände und baten ihn, noch eine Geschichte zu erzählen.

„Ein anderes Mal", sagte er lächelnd. „Aber vergesst nie die Lehren, die diese Geschichten euch bringen. Sie sind der Schlüssel zu einem guten und erfüllten Leben."

Und während die Sterne am Himmel aufleuchteten, wussten alle, dass die Geschichte von Siegfried und Kriemhild für immer in ihren Herzen weiterleben würde.

Atemberaubend - breathtaking

Aufgeregt - excited

Aufleuchteten - lit up

Barden - bards

Begehren - to desire

Begeistert - enthusiastically, excitedly

Beklagen - to lament, to complain

Betrug - deceit, fraud

Eingefangen - captured

Einzufangen - to capture

Erfüllten - fulfilled

Erzählung - story, tale

Flüchtig - fleeting, transient

Fort - away, gone

Gefangen - captured

Geschichtenerzählern - storytellers

Gier - greed

Goldschatz - treasure of gold

Hass - hate, hatred

Heldenhafte - heroic

Herum - around

Herumsaßen - sat around

Ikonen - icons

Komponist - composer

Lauffeuer - wildfire (figuratively, spreading quickly)

Lehren - lessons, teachings

Materiellen - material

Mitgefühl - compassion, empathy

Mittelalter - Middle Ages

Nachdem - after

Noten - notes (in music)

Opernzyklus - opera cycle

Persönliche - personal

Schätze - treasures

Seelen - souls

Stärke - strength, power

Tiefen - depths

Tragischen - tragic

Unerreichbare - unattainable, unreachable

Unglaubliche - incredible, unbelievable

Unerschrockenen - fearless, dauntless

Unterhaltung - entertainment

Vergänglichkeit - transience, impermanence

Verlorene - lost

Vermächtnis - legacy, bequest

Verständnis - understanding

Weise - wise, manner

Wünsche - wishes, desires

Zeugnis - testimony, evidence

Zukünftige - future

Beowulf

1. Beowulfs Ankunft

In den weiten Landschaften des Geatlandes war Beowulf als der tapferste und stärkste Krieger bekannt. Seine Geschichten von mutigen Kämpfen und Heldentaten wurden von einem Dorf zum anderen weitergegeben. Eines Tages hörte er von einem schrecklichen Monster namens Grendel, das das Königreich der Dänen terrorisierte und jede Nacht die große Halle Heorot angriff.

Beowulf, immer auf der Suche nach einer Herausforderung und einer Gelegenheit, seine Tapferkeit zu beweisen, beschloss, den Dänen zu helfen. Er rief seine treuesten Krieger und sagte: „Wir müssen nach Dänemark reisen und diesem Monster ein Ende setzen.“

Ein Krieger, Wulfgar, fragte: „Warum sollten wir uns in die Angelegenheiten anderer Königreiche einmischen?“

Beowulf antwortete: „Weil es unsere Pflicht als Krieger ist, denen zu helfen, die unsere Hilfe benötigen. Wenn ein benachbartes Königreich leidet, sind wir alle in Gefahr.“

Mit diesen Worten brachen Beowulf und seine Männer auf und reisten nach Dänemark. Nach einigen Tagen kamen sie in der großen Halle Heorot an, wo König Hrothgar regierte. Der König, ein älterer Mann mit grauen Haaren und einem langen Bart, empfing sie freundlich.

„Seid willkommen, Beowulf aus Geatland. Wir haben von deinen Heldentaten gehört,“ sagte Hrothgar.

„Ich bin hier, um gegen Grendel zu kämpfen und Euer Königreich von diesem Fluch zu befreien,“ erwiderte Beowulf selbstbewusst.

„Viele haben versucht, Grendel zu töten, aber alle sind gescheitert,“ sagte Hrothgar traurig. „Jede Nacht kommt er und tötet meine Männer. Ich weiß nicht, wie ich ihm Einhalt gebieten kann.“

Beowulf lächelte und sagte: „Ich werde gegen Grendel kämpfen, und ich werde ihn ohne Waffen besiegen. Das ist mein Versprechen an Euch."

Die Nachricht von Beowulfs Versprechen verbreitete sich schnell im Königreich, und viele kamen, um ihn in der großen Halle zu sehen. Als die Nacht hereinbrach, wartete Beowulf mit seinen Männern in Heorot. Die Spannung war greifbar, und die Stille wurde nur durch das gelegentliche Knistern des Feuers unterbrochen.

Plötzlich wurde die Tür der Halle aufgerissen und das schreckliche Monster Grendel trat ein. Er war groß und furchterregend, mit klauenartigen Händen und leuchtenden Augen. Bevor Grendel reagieren konnte, sprang Beowulf auf ihn zu und packte ihn. Ein gewaltiger Kampf entbrannte, bei dem die Halle erzitterte.

Grendels lautes Brüllen und Beowulfs Kampfschreie erfüllten den Raum. Schließlich gelang es Beowulf, Grendel den Arm abzureißen. Das Monster schrie vor Schmerz und floh aus der Halle, während Beowulf und seine Männer jubelten.

„Du hast es geschafft, Beowulf! Du hast Grendel besiegt!" rief Wulfgar.

Beowulf hielt Grendels Arm hoch und sagte: „Das Königreich der Dänen ist frei von diesem Monster. Aber wir müssen wachsam bleiben. Wer weiß, welche anderen Gefahren noch auf uns warten."

Das ganze Königreich feierte Beowulfs Sieg und dankte ihm für seine Tapferkeit. Die Geschichte von seinem Kampf gegen Grendel wurdc noch viele Jahre lang erzählt und wurde zu einer Legende, die von Generation zu Generation weitergegeben wurde.

Angriff - attack

Ankunft - arrival

Arme - arms (limbs)

Arm - arm

Aufgerissen - torn open

Ausgebrochen - broken out

Beendete - ended, finished

Beinhalten - to include

Benachbartes - neighboring

Besiegen - to defeat

Brachen - broke up, departed

Einzumischen - to interfere

Empfing - received, welcomed

Entbrannte - broke out, erupted

Erzitterte - trembled

Fluch - curse

Furchterregend - terrifying

Gefahr - danger

Gelegenheit - opportunity

Geleuchtet - glowed

Greifbar - tangible, palpable

Herausforderung - challenge

Hinzukommt - comes in, adds

Jubelten - cheered

Kampfschreie - battle cries

Klauenartigen - claw-like

Knistern - crackling

Königreich - kingdom

Königreiche - kingdoms

Krieger - warriors

Leidet - suffers

Pflicht - duty

Reagieren - to react

Reisen - to travel

Schreie - screams

Selbstbewusst - self-confident

Siegen - to win, to conquer

Stille - silence

Stolz - pride

Tapferkeit - bravery

Treffen - to meet

Unsicherheit - uncertainty

Unterbrochen - interrupted

Versprechen - promise

Versetzt - transported

Vorsichtig - careful

Wachsam - vigilant

Wartezeit - waiting period

Wirklich - really, indeed

Zugehört - listened to

Zukünftigen - future

Zumuten - to expect, to demand

2. Grendels Mutter

Die Nachricht von Grendels Tod verbreitete sich schnell im Königreich der Dänen. Die Menschen feierten und sangen Lieder zu Ehren Beowulfs, des mutigen Kriegers aus Geatland, der das Monster besiegt hatte. Doch ihre Freude sollte nicht lange anhalten.

Eines Nachts, als die Bewohner von Heorot feierten, erschien eine noch furchterregendere Gestalt: Grendels Mutter. Sie war wild vor Wut und Trauer über den Tod ihres Sohnes und wollte Rache. Mit einem lauten Schrei stürmte sie in die Halle, griff einen der Krieger und verschwand in der Dunkelheit.

Die Menschen waren in Panik. „Was war das?" rief ein Krieger.

„Das war Grendels Mutter," antwortete ein anderer. „Sie will Rache für ihren Sohn."

Beowulf, der die Gefahr erkannte, stand auf und sagte: „Ich werde Grendels Mutter finden und sie besiegen. Sie darf nicht ungestraft davonkommen."

Mit einer Gruppe seiner besten Krieger folgte Beowulf der Spur des Monsters zu einem dunklen See. Es wurde erzählt, dass sie in einer Höhle unter dem Wasser lebte. Beowulf zögerte nicht, sprang ins Wasser und schwamm hinab in die Tiefen.

Als er die Höhle erreichte, sah er Grendels Mutter. Sie war noch schrecklicher als ihr Sohn, mit langen, scharfen Klauen und einer Haut, die wie schuppiger Panzer aussah. Ein epischer Kampf begann. Die Wasserdämonin war stark, aber Beowulf war entschlossen, sie zu besiegen. In der Höhle fand er ein altes, mächtiges Schwert, das mit Runen verziert war. Mit diesem Schwert gelang es ihm, Grendels Mutter zu töten.

Triumphierend kehrte Beowulf mit dem abgetrennten Kopf von Grendels Mutter nach Heorot zurück. Die Menschen jubelten und sangen wieder Lieder zu seinen Ehren. König Hrothgar trat vor und sagte: „Beowulf, du hast erneut unser Königreich gerettet. Ich prophezeie dir eine große Zukunft. Du wirst ein großer König und ein Held für alle Zeiten sein."

Beowulf verneigte sich und antwortete: „Ich danke Euch, König Hrothgar. Es war mir eine Ehre, Euch zu helfen. Aber jetzt ist es Zeit für mich und meine Männer, nach Geatland zurückzukehren."

Mit schwerem Herzen verabschiedeten sich Beowulf und seine Männer von den Dänen und traten ihre Heimreise an. In Geatland angekommen, wurden sie als Helden empfangen. Beowulf erzählte von seinen Abenteuern in Dänemark, und die Geschichten von seinen Kämpfen gegen Grendel und dessen Mutter wurden zu Legenden, die von Generation zu Generation weitergegeben wurden.

Die Menschen sangen Lieder zu Beowulfs Ehren und feierten seine Heldentaten. Er war nicht nur ein großer Krieger, sondern auch ein weiser Anführer, der sein Volk beschützte und für Gerechtigkeit sorgte. Und so wurde Beowulf zu einem Helden, dessen Geschichten noch viele Jahrhunderte später erzählt wurden. Sein Mut, seine Stärke und seine Entschlossenheit wurden zum Vorbild für alle, die nach ihm kamen.

Abgetrennten - severed

Anführer - leader

Angekommen - arrived

Davonkommen - get away with it

Ehren - honors

Empfangen - received

Entschlossenheit - determination

Erneut - again, anew

Erreichte - reached

Erzählte - told

Feierten - celebrated

Folgte - followed

Gerettet - saved

Gerechtigkeit - justice

Geschichten - stories

Heimreise - journey home

Helden - heroes

Hinab - down

Höhle - cave

Jahrhunderte - centuries

Lieder - songs

Mächtiges - powerful

Mut - courage

Nachkommen - descendants, to follow

Prophezeie - prophesize, foretell

Rettete - saved

Rufen - call

Runen - runes

Sang - sang

Schuppiger - scaly

Schwamm - swam

Schwert - sword

Schwerem - heavy

Sorgte - cared for, ensured

Spur - track, trail

Stürmte - stormed

Tiefen - depths

Triumphierend - triumphantly

Ungestraft - unpunished

Vorbild - role model

Wasserdämonin - water demon

Weiser - wiser

Wut - anger, rage

Zurückzukehren - to return

3. König Beowulf

Jahre waren seit Beowulfs triumphalen Kämpfen gegen Grendel und dessen Mutter vergangen. Der junge Krieger von einst war nun ein reifer Mann, geprägt von Weisheit und Erfahrung. Als König von Geatland führte er sein Volk mit Stärke und Gerechtigkeit. Unter seiner Führung erlebte das Land eine lange Zeit des Friedens und des Wohlstands.

Doch eines Tages wurde das friedliche Leben von Geatland durch einen furchterregenden Drachen gestört. Dieses mächtige Wesen lebte seit Jahrhunderten in einer Höhle und bewachte einen riesigen Schatz. Doch kürzlich hatte ein Dieb es gewagt, einen Teil dieses Schatzes zu stehlen. Aus Zorn über diesen Diebstahl begann der Drache, Dörfer zu verbrennen und das Land zu terrorisieren.

Die Bewohner von Geatland wandten sich hilfesuchend an ihren König. „Beowulf, du bist unser König und unser Held. Bitte rette uns vor diesem Drachen!" flehte ein Bauer.

Trotz seines fortgeschrittenen Alters und der Risiken eines solchen Unterfangens entschied Beowulf, dass er selbst gegen den Drachen kämpfen würde. „Ich habe bereits Grendel und seine Mutter besiegt," sagte er entschlossen. „Ich werde auch diesen Drachen bekämpfen und unser Land beschützen."

Mit einer Gruppe treuer Krieger zog Beowulf aus, um den Drachen zu töten. Die Höhle des Drachens war dunkel und voller Gefahren, aber Beowulf führte seine Männer mutig voran. Als sie den Drachen fanden, entbrannte ein gewaltiger Kampf. Das Monster spie Feuer und schwang seinen mächtigen Schwanz, während Beowulf und seine Krieger mutig dagegen ankämpften.

Der Kampf war hart und erbittert. Einer nach dem anderen fielen Beowulfs Krieger, bis nur noch er und ein junger Krieger namens Wiglaf übrig waren. Gemeinsam kämpften sie weiter, bis Beowulf schließlich den Drachen mit einem tödlichen Schlag besiegte. Doch der Sieg kam mit einem hohen Preis. Beowulf war schwer verletzt und wusste, dass er nicht mehr lange zu leben hatte.

Wiglaf eilte zu seiner Seite und hielt den sterbenden König in seinen Armen. „Beowulf," flüsterte er, „du bist ein großer König und ein wahrer Held. Dein Volk wird dich niemals vergessen."

Beowulf lächelte schwach und antwortete: „Wiglaf, kümmere dich um unser Volk und führe es mit Weisheit und Stärke. Mein Leben neigt sich dem Ende zu, aber ich vertraue darauf, dass du Geatland in eine helle Zukunft führen wirst."

Mit diesen letzten Worten schloss Beowulf seine Augen und ging in die ewige Ruhe über. Sein Tod wurde im ganzen Land betrauert, und er wurde als großer König und Held gefeiert. Er wurde in einem prächtigen Grab beigesetzt, und der Schatz des Drachens wurde als Zeichen des Respekts und der Anerkennung neben ihm gelegt.

Die Geschichte von Beowulfs Mut, Stärke und Opferbereitschaft wurde von Generation zu Generation weitergegeben. Er wurde zu einem Symbol für alles, was gut und edel war, und seine Taten wurden zu Legenden, die noch viele Jahrhunderte später erzählt wurden. Sein Erbe lebte weiter, inspirierte und lehrte zukünftige Generationen über die Bedeutung von Mut, Ehre und Opfer.

Anerkennung - recognition, acknowledgment

Bauer - peasant, farmer

Bekämpfen - to fight, combat

Besiegte - defeated

Betrübtes - mourned, sorrowful

Bewachte - guarded

Dörfer - villages

Eilte - hurried, rushed

Entbrannte - broke out, flared up

Erbittert - bitter, fierce

Ewige - eternal

Fortgeschrittenen - advanced

Gewagt - dared

Hart - hard, tough

Hellen - bright, clear

Höhepunkt - climax, peak

Lebte - lived

Mächtigen - mighty, powerful

Opferbereitschaft - readiness to sacrifice, selflessness

Prächtigen - magnificent, splendid

Respekt - respect

Riesigen - huge, giant

Schwanz - tail

Spie - spat, spewed

Sterbenden - dying

Tödlichen - deadly, lethal

Überleben - to survive

Unser - our

Verbrennen - to burn

Vertraue - trust, entrust

Wahrer - true, real

Weitergegeben - passed on, handed down

Zerstörten - destroyed

Ziehenden - pulling, moving

Zukünftige - future

4. Das Ende eines Helden

Das gesamte Geatland war in tiefer Trauer versunken. Die Nachricht vom Tod ihres geliebten Königs Beowulf verbreitete sich schnell im ganzen Königreich. Jedes Haus, jedes Dorf, jeder Tempel hatte seine Flaggen auf Halbmast gesetzt. Ein großes Gefühl des Verlusts lag über dem Land.

In der Hauptstadt bereiteten die Geatländer ein prächtiges Begräbnis für ihren verstorbenen König vor. „Er war mehr als nur ein König für uns", sagte ein alter Mann, „er war unser Held, unser Beschützer."

Inmitten des großen Platzes wurde ein enormer Scheiterhaufen errichtet. Beowulfs Körper wurde in feine Gewänder gekleidet und mit Kränzen aus Blumen und Gold geschmückt. Er wurde auf den Scheiterhaufen gelegt, bereit, in die ewigen Jagdgründe geschickt zu werden.

„Er hat sein Leben für uns gegeben", sagte eine junge Frau, während sie Tränen vergoss. „Wir werden ihn nie vergessen."

Wiglaf, der junge Krieger, der an Beowulfs Seite gekämpft hatte, trat vor die Menge. „Wir sind heute hier, um unseren geliebten König Beowulf zu verabschieden", begann er. „Er war ein großer Krieger, aber vor allem war er ein weiser und gerechter Herrscher. Er hat sein Leben für Geatland und sein Volk gegeben. Lasst uns heute sein Leben feiern und uns an all die guten Dinge erinnern, die er für uns getan hat."

Nach Wiglafs rührender Rede wurde Fackel nach Fackel entzündet und dem Scheiterhaufen übergeben. Die Flammen stiegen hoch in den Himmel und leuchteten die Nacht aus. Der Rauch, der vom Scheiterhaufen aufstieg, trug Beowulfs Seele in den Himmel.

Nachdem die Flammen erloschen waren, wurde seine Asche gesammelt und in einem prächtigen Grabhügel beigesetzt. Der Schatz, den der Drache bewacht hatte und für den Beowulf gekämpft hatte, wurde mit ihm begraben, als Zeichen des Respekts und der Anerkennung.

„Wir werden einen Turm auf diesem Grabhügel errichten", verkündete Wiglaf. „Ein Turm, der bis in den Himmel reicht und an unseren großen König Beowulf erinnert."

Und so geschah es. Ein prächtiger Turm wurde errichtet, von dem aus man das ganze Land überblicken konnte. Dieser Turm wurde zu einem Wahrzeichen von Geatland und stand stolz als Symbol für Beowulfs Mut und Opferbereitschaft.

Jahrzehnte vergingen, und die Geschichten über Beowulfs Heldentaten wurden von Generation zu Generation weitergegeben. Großeltern erzählten ihren Enkelkindern von dem tapferen König, der gegen Monster und Drachen gekämpft hatte, um sein Volk zu schützen.

„Er war nicht nur ein großer Krieger", erzählte ein Großvater, „sondern auch ein weiser König. Er hat immer das Beste für sein Volk gewollt und war bereit, sein Leben für uns zu geben."

Der Turm auf Beowulfs Grabhügel wurde zu einem beliebten Pilgerort. Menschen aus allen Teilen der Welt kamen, um ihre Ehrerbietung zu zeigen und Beowulfs Vermächtnis zu ehren.

Ein Besucher sagte einmal: „Obwohl ich aus einem fernen Land komme und Beowulf nie gekannt habe, fühle ich eine tiefe Verbindung zu ihm. Seine Geschichte ist inspirierend, und seine Taten sind ein Beispiel für uns alle."

So lebte Beowulfs Vermächtnis in den Herzen und Gedanken der Menschen weiter. Er wurde nicht nur in Geatland verehrt, sondern überall, wo seine Geschichte erzählt wurde.

In den folgenden Jahren wurde der Turm zu einem Ort des Lernens und der Erinnerung. Hier trafen sich Gelehrte, Dichter und Geschichtenerzähler, um die alten Geschichten weiterzugeben und neue zu schaffen.

Zwei junge Männer unterhielten sich eines Tages am Fuße des Turms: „Hast du die Geschichte von Beowulf gehört, als er Grendel besiegte?" fragte der eine.

„Ja, und auch die Geschichte, wie er den Drachen tötete", antwortete der andere. „Es sind solche Geschichten, die uns daran erinnern, was es bedeutet, mutig und ehrenhaft zu sein."

„Stell dir vor, wie es gewesen sein muss, ihn zu kennen und an seiner Seite zu kämpfen", sagte der erste junge Mann nachdenklich.

„Ich glaube, das Wichtigste ist, dass wir von ihm lernen und versuchen, in unserem eigenen Leben mutig und gerecht zu sein", antwortete der zweite.

Jahrhunderte vergingen, und obwohl die Welt sich veränderte, blieb Beowulfs Geschichte lebendig. Der Turm auf seinem Grabhügel stand immer noch stolz da, und Menschen aus aller Welt kamen weiterhin, um ihm zu gedenken.

Ein alter Mann brachte eines Tages seine Enkelin zum Turm. Sie blickten gemeinsam hinauf und der Großvater sagte: „Dieser Turm erinnert uns an Beowulf, unseren großen König und Helden. Aber er erinnert uns auch daran, dass wahre Größe nicht nur in Heldentaten liegt, sondern auch in der Art und Weise, wie man sein Leben lebt."

Die kleine Enkelin schaute zu ihrem Großvater auf und sagte: „Ich möchte auch mutig und gut sein, wie Beowulf."

Der alte Mann lächelte und drückte ihre Hand. „Das kannst du, mein Kind. Erinnere dich immer an seine Geschichten und lass sie dich leiten."

So wurde Beowulf nicht nur als Held, sondern auch als Inspiration für Generationen von Menschen gefeiert. Sein Vermächtnis war nicht nur das eines großen Kriegers, sondern auch das eines weisen und gerechten Königs, dessen Geschichte noch lange nach seinem Tod weitererzählt wurde.

Asche - ash

Beigesetzt - buried, interred

Beisetzung - burial, interment

Begräbnis - funeral

Bewacht - guarded, watched over

Ehrerbietung - reverence, respect

Enkelin - granddaughter

Entzündet - ignited, lit

Erinnern - to remember

Erloschen - extinguished, died down

Feiern - to celebrate

Geatland - Geatland (a location in the story)

Gedenken - to commemorate, remember

Gekämpft - fought

Geschmückt - adorned, decorated

Geweint - wept, cried

Grabhügel - burial mound, barrow

Halbmast - half-mast

Hauptstadt - capital city

Heldentaten - heroic deeds

Jagdgründe - hunting grounds (metaphorically, the afterlife)

Kleidet - dressed, clothed

Kranz - wreath

Leuchteten - shone, illuminated

Pilgerort - place of pilgrimage

Rauch - smoke

Scheiterhaufen - pyre, funeral pyre

Schmücken - to decorate, adorn

Seele - soul

Trauer - mourning, grief

Tränen - tears

Trost - comfort, consolation

Turm - tower

Verabschieden - to bid farewell, say goodbye

Verbunden - connected, related

Vergangen - past, gone by

Verkündete - announced, proclaimed

Vermächtnis - legacy, heritage

Verstorben - deceased, passed away

Wahrzeichen - landmark, symbol

5. Das letzte Versprechen

In den dunklen Stunden vor Beowulfs Tod hatte der große König seinen jüngsten und treuesten Krieger, Wiglaf, zu sich gerufen. Die beiden Männer saßen nebeneinander, das flackernde Kerzenlicht warf Schatten auf ihre ernsten Gesichter.

„Bevor ich gehe", begann Beowulf mit schwacher Stimme, „muss ich dir ein Versprechen abnehmen, Wiglaf. Du musst schwören, dass Geatland nach meinem Tod nicht zerfällt. Du musst es zusammenhalten."

Wiglafs Augen füllten sich mit Tränen, aber er nickte entschlossen. „Ich verspreche es, mein König. Ich werde alles in meiner Macht stehende tun, um unser Land stark und geeint zu halten."

Als Beowulf starb und Geatland in Trauer versank, trat Wiglaf als feste Säule der Unterstützung und Führung hervor. Er wurde bald zum engsten Berater des neuen Königs ernannt und füllte den

Hof mit Geschichten von Beowulfs Heldentaten und weisen Entscheidungen.

Jedoch, wie es in den meisten Königreichen der Fall ist, gab es auch in Geatland jene, die nach mehr Macht dürsteten. Sie sahen in Beowulfs Tod eine Gelegenheit, ihre eigenen Ambitionen voranzutreiben. Aber Wiglaf, noch immer inspiriert von Beowulfs Mut und Entschlossenheit, ließ nicht zu, dass solche Machenschaften ungestört blieben.

Eines Tages, als die Räte sich im großen Saal versammelten, trat ein mächtiger Edelmann namens Eadric vor. „Beowulf ist tot, und es ist Zeit für neue Führung und neue Ideen", proklamierte er, ein verführerisches Lächeln auf seinen Lippen.

Wiglaf, die Erinnerung an sein Versprechen an Beowulf immer präsent, ergriff das Wort. „Beowulf mag nicht mehr unter uns sein, aber sein Geist und seine Lehren leben in uns allen weiter. Es ist unsere Pflicht, sein Erbe zu bewahren."

Eadric lachte spöttisch. „Bewahre dein sentimentales Gerede für die Alten und Schwachen, Wiglaf. Geatland braucht Stärke, keine Geschichten."

Doch Wiglaf ließ sich nicht beirren. „Stärke kommt aus Integrität und Einheit, nicht aus Täuschung und Spaltung", erwiderte er. Und in diesem Moment gründete er die „Wächter von Beowulf", eine Gruppe treuer Krieger, die sich verpflichteten, Geatland vor solchen Bedrohungen zu schützen.

In den folgenden Jahren wurde Wiglaf zu einer mächtigen und respektierten Figur in Geatland. Er war zwar nicht so legendär wie Beowulf selbst, aber sein Mut und seine Entschlossenheit verdienten ihm den Respekt und die Bewunderung des Volkes.

Unter seiner Führung wurden Beowulfs Gräber und Denkmäler nicht nur erhalten, sondern auch vergrößert. Jeder im Land, von den höchsten Adligen bis zu den einfachsten Bauern, erkannte ihre Bedeutung und behandelte sie mit Ehrfurcht.

„Siehst du diesen Turm?", fragte ein Vater eines Tages seinen Sohn, während sie auf den Grabhügel von Beowulf blickten. „Das ist das Werk von Wiglaf und den Wächtern von Beowulf. Es steht als ewige Erinnerung an unseren großen König und die Pflichten, die wir als Geatländer haben."

Der Junge nickte ehrfürchtig. „Eines Tages werde ich auch ein Wächter von Beowulf sein, genau wie Wiglaf."

Und so, obwohl die Jahre vergingen und die Welt sich weiterhin veränderte, blühte Geatland unter Wiglafs Führung auf. Handel und Kunst florierten, die Städte wuchsen und das Land wurde immer wohlhabender. Aber mehr als alles andere brannte das Andenken an Beowulf als ewige Flamme des Mutes und der Führung in den Herzen der Menschen weiter.

Wiglaf, in seinen späteren Jahren, blickte oft von den Mauern des königlichen Palastes aus über das Land. Er erinnerte sich an das Versprechen, das er Beowulf gegeben hatte, und wusste, dass er es erfüllt hatte.

„Du wärst stolz auf Geatland, alter Freund", flüsterte er in den Wind. Und irgendwo, in den ewigen Jagdgründen, lächelte Beowulf zurück.

Asche - Ash

Begräbnis - Funeral

Begraben - To bury

Beisetzen - To inter

Beschützer - Protector

Edelmann - Nobleman

Ehrerbietung - Homage

Erinnern - To remember

Erloschen - Extinguished

Flamme - Flame

Gedenken - To commemorate

Gelegenheit - Opportunity

Gewänder - Garments

Grabhügel - Burial mound

Großeltern - Grandparents

Hauptstadt - Capital city

Jagdgründe - Hunting grounds

Kerzenlicht - Candlelight

Königreich - Kingdom

Lehren - Teachings

Pilgerort - Place of pilgrimage

Prächtig - Magnificent

Räte - Councils

Schwören - To swear

Säule - Pillar

Scheiterhaufen - Pyre

Täuschung - Deception

Tempel - Temple

Treu - Loyal

Turm - Tower

Unterstützung - Support

Versprechen - Promise

Verstorben - Deceased

Vermächtnis - Legacy

Wahrzeichen - Landmark

Wohlstand - Prosperity

Zerfallen - To fall apart

El Cid

1. Ein mutiger Ritter

In den sonnigen Tälern Spaniens erzählten die Menschen Geschichten von mutigen Rittern und ihren Heldentaten. Aber eine Geschichte stach besonders hervor - die von Rodrigo Díaz, besser bekannt als El Cid. Dieser beeindruckende Mann war nicht nur ein furchtloser Krieger, sondern auch ein treuer Diener des Königs von Kastilien, Sancho.

An einem warmen Morgen wurde El Cid in den königlichen Palast gerufen. „El Cid", begann König Sancho ernst, „du weißt, wie sehr ich dir vertraue. Unsere Stadt ist in Gefahr. Die Mauren sind eingerückt und haben sie eingenommen. Ich brauche dich, um sie zurückzuerobern."

El Cid verneigte sich tief. „Natürlich, mein König. Ich werde alles in meiner Macht stehende tun, um die Stadt zurückzugewinnen."

Mit einer kleinen, aber entschlossenen Armee ritt El Cid los. Sie ritten über Hügel und durch Täler, immer dem Ziel entgegen, die Stadt von den Eindringlingen zu befreien. Aber die Reise war nicht ohne Hindernisse.

Eines Tages, als sie sich durch einen dichten Wald bewegten, trafen sie auf eine alte Frau. Sie war in ein dunkles Gewand gehüllt und ihre Augen waren geheimnisvoll. „Guter Ritter", sagte sie mit einer rauen Stimme, „ich habe von deinem mutigen Vorhaben gehört. Nimm diesen Dolch. Er wird dir auf deiner Mission helfen."

El Cid war skeptisch, aber etwas in den Augen der Frau ließ ihn den Dolch ohne zu zögern annehmen. Als er das kalte Metall berührte, durchströmte ihn ein Gefühl von Kraft und Zuversicht.

Mit dem magischen Dolch an seiner Seite ritt El Cid weiter und erreichte bald die belagerte Stadt. Der Kampf war heftig. Pfeile flogen, Schwerter klirrten, und überall war das Geschrei der kämpfenden Männer zu hören. Aber El Cid, mit seinem neuen Dolch und seinem unbeugsamen Willen, kämpfte unermüdlich weiter. Schließlich, nach Stunden des Kampfes, waren die maurischen Eindringlinge besiegt und die Stadt war befreit.

Die Bewohner der Stadt kamen aus ihren Häusern und jubelten El Cid zu. Sie dankten ihm für seine Tapferkeit und feierten ihn als Helden. El Cid jedoch, bescheiden wie er war, gab die Ehre an seine tapferen Männer weiter.

Nachdem die Feierlichkeiten vorüber waren, kehrte El Cid zum Königspalast zurück. König Sancho empfing ihn mit offenen Armen. „Du hast uns einen großen Dienst erwiesen, El Cid. Das ganze Königreich wird von deiner Tapferkeit sprechen."

Doch als die beiden Männer alleine waren, änderte sich die Miene des Königs. Er wirkte besorgt. „El Cid", begann er zögernd, „es gibt noch eine andere Sache, die ich von dir verlangen muss."

El Cid sah den König erwartungsvoll an, bereit, jedem Befehl zu folgen. „Sprechen Sie, mein König. Ich bin bereit, Ihnen in jeder Weise zu dienen."

König Sancho seufzte tief. „Es ist nicht so einfach, mein Freund. Aber ich hoffe, dass du auch diese Aufgabe meistern kannst."

El Cid nickte entschlossen. Er war bereit, alles zu tun, um seinem König und seinem Land zu dienen. Was auch immer diese neue Aufgabe sein mochte, er würde sie mit der gleichen Tapferkeit und Entschlossenheit angehen, die ihm den Titel „El Cid" eingebracht hatte.

Annehmen - To accept

Armee - Army

Belagerte - Besieged

Besiegt - Defeated

Dicht - Dense

Dolch - Dagger

Durchströmen - To permeate

Eindringlinge - Invaders

Einnehmen - To capture

Einzug - Entry

Entgegen - Towards

Erwiesen - Rendered

Feierlichkeiten - Celebrations

Gewand - Robe

Hindernisse - Obstacles

Hülle - Shroud

Kämpfenden - Fighters

Klirrten - Clashed

Magischer - Magical

Miene - Expression

Rauen - Hoarse

Reise - Journey

Ritter - Knight

Ritt - Rode

Sancho - Sancho

Seufzen - To sigh

Skeptsich - Skeptical

Täler - Valleys

Tapferkeit - Bravery

Überwältigt - Overwhelmed

Unbeugsamen - Unyielding

Unermüdlich - Tirelessly

Verlangen - To demand

Vorhaben - Intention

Zögern - To hesitate

Zurückerobern - To recapture

2. Das Geheimnis des Königs

In den ruhigen Gemächern des königlichen Palastes saßen König Sancho und El Cid gegenüber. Der König schien nervös, als er tief Luft holte und sagte: „El Cid, ich habe dir immer vertraut und heute muss ich dir ein Geheimnis anvertrauen."

El Cid nickte und sah den König erwartungsvoll an. Sancho fuhr fort: „Es gibt Verräter in meinem Hof. Ich fürchte, sie wollen mein Leben nehmen."

El Cids Augen verengten sich. „Ich werde alles in meiner Macht stehende tun, um diese Verräter zu finden und Sie zu beschützen, mein König."

Sancho lächelte dankbar. „Ich wusste, dass ich mich auf dich verlassen kann."

In den nächsten Tagen begann El Cid, Nachforschungen im königlichen Palast anzustellen. Er befragte Diener, Wachen und Adlige, immer auf der Suche nach Hinweisen auf die Identität der Verräter. Eines Tages wurde er von Jimena angesprochen, einer schönen Hofdame mit funkelnden Augen.

„El Cid", flüsterte sie, „ich glaube, ich kann dir helfen."

Sie führte ihn in eine versteckte Ecke des Palastes, wo sie ihm von einer Verschwörung erzählte, die sie mit angehört hatte. Die Verräter planten, den König während des kommenden Festes mit einem Giftwein zu töten.

El Cid war entsetzt. „Wir müssen einen Plan schmieden, um sie zu entlarven", sagte er entschlossen.

In den folgenden Tagen arbeiteten El Cid und Jimena eng zusammen. Sie erfuhren die Namen der Verräter und stellten Fallen auf, um sie während des Festes zu überführen.

Endlich kam der Abend des großen Festes. Der Palast war mit prächtigen Dekorationen geschmückt und die Gäste trugen ihre besten Gewänder. El Cid und Jimena beobachteten jeden ihrer Schritte genau. Als der Moment gekommen war, in dem der vergiftete Wein dem König gereicht werden sollte, trat El Cid vor und konfrontierte die Verräter.

„Im Namen von König Sancho verhaften wir euch wegen Hochverrats!“, rief er aus.

Die Verräter wurden von den königlichen Wachen umzingelt und festgenommen. Der Palast war in Aufruhr, aber dank El Cids schnellem Handeln war der König sicher.

Nachdem die Aufregung vorüber war, rief König Sancho El Cid zu sich. „El Cid, ich kann dir nicht genug danken“, sagte er mit Tränen in den Augen. „Du hast nicht nur mein Leben gerettet, sondern auch das gesamte Königreich.“

El Cid verneigte sich tief. „Es war mir eine Ehre, mein König.“

Sancho lächelte. „Du hast dir jede Belohnung verdient, die du dir wünschst. Was kann ich dir geben?“

El Cid dachte einen Moment nach. „Ich wünsche mir nur, weiterhin Ihnen dienen zu dürfen und das Königreich zu beschützen.“

Sancho nickte zufrieden. „Dein Wunsch sei mir Befehl. Aber jetzt sollten wir uns ausruhen. Morgen ist ein neuer Tag und ich habe das Gefühl, dass er neue Herausforderungen mit sich bringen wird.“

Als El Cid den Palast verließ, dachte er über die Ereignisse des Abends nach. Er war stolz auf das, was er erreicht hatte, aber er wusste auch, dass die Gefahr noch nicht vorbei war. Gerüchte über einen großen Krieg, der am Horizont lauerte, erreichten seine Ohren. Aber er war bereit, sich jeder Herausforderung zu stellen, die vor ihm lag. Mit dem Mut und der Entschlossenheit, die ihn berühmt gemacht hatten, war El Cid bereit, das Königreich erneut zu verteidigen.

Angehört - Overheard

Anvertrauen - Confide

Aufregung - Excitement

Befehl - Command

Befragen - To question

Belohnung - Reward

Beschützen - To protect

Dankbar - Grateful

Entlarven - To expose

Entsetzt - Horrified

Erreicht - Achieved

Festnehmen - To arrest

Funkeleden - Sparkling

Gefühl - Feeling

Gemächern - Chambers

Gerettet - Saved

Gewänder - Garments

Herausforderungen - Challenges

Hofdame - Lady-in-waiting

Hochverrats - High treason

Lauern - Lurk

Nachforschungen - Investigations

Prächtigen - Magnificent

Schmieden - To forge

Überführen - To convict

Umzingelt - Surrounded

Verdienen - To deserve

Vergifteten - Poisoned

Verschwörung - Conspiracy

Wachen - Guards

Wünschst - Wish

Zufrieden – Satisfied

3. Der drohende Krieg

Die Sonne war gerade aufgegangen, als El Cid die Nachricht erhielt: Die muslimischen Mauren rüsteten sich für einen gewaltigen Angriff auf Kastilien. Dies würde kein einfacher Kampf werden. Der König selbst beauftragte El Cid, die kastilischen Truppen in die Schlacht zu führen. Er wusste, dass El Cid der Einzige war, dem er in dieser kritischen Zeit vertrauen konnte.

„Ich vertraue dir, Rodrigo", sagte König Sancho ernst. „Du bist die Hoffnung von Kastilien."

Mit Entschlossenheit in den Augen ritt El Cid mit seiner Armee los, fest entschlossen, den Feind zu besiegen und das Königreich zu verteidigen. Sein magischer Dolch, den ihm die alte Frau geschenkt hatte, hing an seiner Seite, glänzend im Sonnenlicht.

Während sie sich dem Schlachtfeld näherten, begegneten sie vielen Herausforderungen. Das Gelände war uneben und gefährlich, und oft mussten sie Flüsse überqueren oder durch dichte Wälder navigieren. Feindliche Spione lauerten im Schatten, immer bereit, die Bewegungen der kastilischen Armee zu verraten. Aber El Cid war wachsam. Mit seiner Tapferkeit und dem magischen Dolch gelang es ihm, alle Hindernisse zu überwinden und die Spione zu besiegen.

Schließlich, nach Tagen des Marsches, trafen sie auf das feindliche Heer. Die Mauren hatten eine beeindruckende Armee aufgestellt, bereit für den Kampf. Aber El Cid ließ sich nicht einschüchtern. Er ritt vor seine Truppen und rief: „Für Kastilien! Für den König!"

Der Kampf begann heftig. Pfeile flogen, Schwerter klirrten und das Schlachtfeld war von den Schreien der Kämpfer erfüllt. Aber durch all das Chaos hindurch führte El Cid seine Truppen mit großer Geschicklichkeit und Mut. Sein magischer Dolch leuchtete hell und gab seinen Männern Hoffnung und Kraft.

Stunden vergingen, und der Kampf schien kein Ende zu nehmen. Aber schließlich, als die Sonne am Horizont unterging, gelang es El Cid, einen entscheidenden Schlag gegen den maurischen Befehlshaber zu führen. Die Mauren begannen zurückzuweichen, und bald waren sie in der Flucht.

Als der Staub sich legte, wurde das Ausmaß des Sieges klar. Kastilien hatte gewonnen. Die Männer jubelten und sangen Lieder zu Ehren ihres großen Helden, El Cid.

Zurück im Palast wurde ein großes Fest zu Ehren von El Cids Sieg veranstaltet. König Sancho stand auf und sprach: „Heute feiern wir nicht nur einen Sieg über unsere Feinde, sondern auch die Tapferkeit eines Mannes, der unser Königreich verteidigt hat. El Cid, du bist wahrlich der größte Held von Kastilien!"

El Cid verneigte sich tief. „Ich habe nur meine Pflicht getan, mein König."

Aber in der Stille nach dem Fest, als El Cid allein in seinen Gemächern war, fühlte er, dass seine Reise noch nicht vorbei war. Es gab noch viele Herausforderungen, die vor ihm lagen, viele Schlachten, die noch gekämpft werden mussten. Mit dem magischen Dolch an seiner Seite und dem Mut in seinem Herzen war El Cid bereit, sich jeder kommenden Herausforderung zu stellen. Sein Abenteuer war noch lange nicht vorbei.

Ausmaß - Extent

Beauftragte - Commissioned

Befehlshaber - Commander

Einschüchtern - Intimidate

Erhielt - Received

Feindlich - Hostile

Flucht - Flight

Gelände - Terrain

Geschicklichkeit - Skill

Herausforderungen - Challenges

Hindernisse - Obstacles

Jubelten - Cheered

Kämpfer - Fighter

Klirrten - Clashed

Marsches - March

Mauren - Moors

Navigieren - Navigate

Pfeile - Arrows

Pflicht - Duty

Ritt - Rode

Schlachtfeld - Battlefield

Schreien - Screams

Sieges - Victory

Tapferkeit - Bravery

Truppen - Troops

Überqueren - To cross

Unterging - Set (as in sun)

Verraten - Betray

Verteidigen - Defend

Wachsam - Vigilant

4. Die Suche nach der verlorenen Stadt

Nachdem die Schlachten gewonnen und die Feinde besiegt waren, fand El Cid in den stillen Nächten keine Ruhe. Eines Tages, während er in den Hallen des Palastes spazierte, hörte er zwei Diener, die von einer alten Legende erzählten. Eine Geschichte über eine verlorene Stadt, tief im Wald versteckt, voller unermesslicher Schätze. Diese Geschichte weckte in El Cid eine Neugier, die er lange nicht gespürt hatte.

„Ich habe so viel für Kastilien getan", sagte er zu Jimena, der schönen Hofdame. „Und doch gibt es eine Leere in meinem Herzen. Vielleicht finde ich in dieser Stadt das, was mir fehlt."

Jimena sah ihn besorgt an. „Es ist eine gefährliche Reise, Rodrigo. Viele haben versucht, diese Stadt zu finden und sind nie zurückgekehrt."

El Cid lächelte. „Ich habe bereits viele Gefahren überstanden. Dies ist nur eine weitere Herausforderung."

Mit einer Handvoll seiner treuesten Krieger machte sich El Cid auf den Weg. Sie durchquerten hohe Berge, tiefe Täler und weite Ebenen. Wilde Tiere lauerten im Schatten, und feindliche Stämme versuchten, ihren Weg zu blockieren. Aber El Cid, mit seinem magischen Dolch und seiner Entschlossenheit, führte seine Männer mutig weiter.

Eines Tages, nach Wochen des Suchens, entdeckten sie eine verborgene Stadt inmitten eines dichten, grünen Waldes. Große Steinmauern umgaben die Stadt, und im Inneren waren Tempel und Paläste aus purem Gold. Die Stadt war verlassen, aber die Schätze, die sie verbarg, waren unermesslich.

„Das ist es!", rief El Cid aus. „Die verlorene Stadt aus den Legenden!"

Seine Männer waren sprachlos angesichts des Reichtums, der vor ihnen lag. Sie begannen, die goldenen Schätze zu sammeln, entschlossen, sie nach Kastilien zurückzubringen.

Doch als sie die Stadt verließen, spürte El Cid, dass etwas nicht stimmte. Ein seltsames Gefühl überkam ihn, als ob sie beobachtet würden. Und dann, aus den Schatten des Waldes, traten dunkle Gestalten hervor.

„Rodrigo Diaz, El Cid", rief eine vertraute Stimme. Es war Al-Mu'tamid, der maurische Anführer, den El Cid in der Schlacht besiegt hatte. „Du dachtest, du könntest mich so leicht entkommen? Ich habe geschworen, Rache zu nehmen, und jetzt ist meine Chance gekommen."

El Cid zog seinen Dolch und bereitete sich auf den Kampf vor. „Ich habe dich einmal besiegt, Al-Mu'tamid. Ich werde es wieder tun."

Die beiden Armeen stürmten aufeinander zu, und ein neuer Kampf begann. Doch dieses Mal war der Schauplatz nicht ein offenes Feld, sondern ein dichter Wald, in dem jeder Schatten ein Versteck sein konnte.

El Cid und Al-Mu'tamid kämpften verbissen gegeneinander. Aber schließlich, mit einem kräftigen Schlag seines Dolches, gelang es El Cid, seinen Feind zu besiegen.

Erschöpft, aber siegreich, sammelten El Cid und seine Männer die Schätze und machten sich auf den Rückweg nach Kastilien. Die Legende der verlorenen Stadt war wahr geworden, und El Cid hatte erneut bewiesen, dass er der größte Held von Kastilien war.

Wochen später kehrten sie triumphierend zum königlichen Palast zurück. König Sancho begrüßte sie mit offenen Armen und feierte ihren Erfolg. Die Schätze der verlorenen Stadt wurden im Palast ausgestellt, und El Cid wurde erneut als Held gefeiert.

Doch inmitten der Feierlichkeiten zog El Cid Jimena zur Seite. „Ich habe die verlorene Stadt gefunden und unermessliche Schätze mitgebracht", sagte er. „Aber die innere Leere, die ich fühlte, ist immer noch da."

Jimena lächelte sanft. „Vielleicht liegt das, wonach du suchst, nicht in Gold oder Schätzen, sondern in den Herzen der Menschen, die du liebst und die dich lieben."

El Cid lächelte zurück. Vielleicht hatte sie recht. Seine Reise war noch nicht zu Ende. Es gab noch viel zu entdecken, sowohl in der Welt als auch in seinem Herzen.

Besorgt - Worried

Blockieren - Block

Dicht - Dense

Ebenen - Plains

Eines Tages - One day

Entdeckten - Discovered

Entkommen - Escape

Erschöpft - Exhausted

Feierlichkeiten - Celebrations

Gestalten - Figures/Shapes

Handvoll - Handful

Inmitten - Amid/In the midst of

Kräftigen - Powerful/Strong

Leere - Emptiness/Void

Maurische - Moorish

Neugier - Curiosity

Paläste - Palaces

Rache - Revenge

Reichtums - Wealth

Rückweg - Return/way back

Sanft - Gently

Schatten - Shadows

Schätze - Treasures

Spazierte - Strolled/Walked

Stämme - Tribes

Täler - Valleys

Triumphierend - Triumphantly

Unermesslicher - Immeasurable

Verbissen - Fiercely/Bitterly

Verborgene - Hidden

Verlassen - Abandoned/Left

Verlorene - Lost

Versucht - Tried

5. Der letzte Kampf des El Cid

Die dunklen Wolken am Himmel von Kastilien waren nicht nur Vorboten eines Sturms, sondern auch Zeichen einer bevorstehenden Schlacht. Ein Verrat innerhalb der königlichen Familie hatte das Land an den Rand eines Bürgerkriegs gebracht. König Sanchos eigener Bruder, getrieben von Eifersucht und Gier, beanspruchte den Thron für sich und hatte eine mächtige Armee aufgestellt, um seinen Anspruch durchzusetzen.

El Cid, der Held von Kastilien, stand vor seiner größten Herausforderung. „Dies wird kein einfacher Kampf", sagte er zu seinen Truppen. „Doch wir kämpfen für das Recht, für unseren König und für Kastilien!"

Ein junger Soldat trat vor. „Aber, Herr, der Feind hat so viele Männer. Können wir wirklich gewinnen?"

El Cid legte seine Hand auf die Schulter des Soldaten. „Zahlen sind nicht alles. Wir haben Mut, Entschlossenheit und den Glauben an unsere Sache."

Die Vorbereitungen für die Schlacht begannen. El Cid schmiedete einen Plan, um den Feind zu überlisten. Mit Hilfe von

Spionen erfuhr er von einem ungeschützten Pass, durch den sie den Feind überraschen könnten.

Die beiden Armeen trafen schließlich in der offenen Ebene aufeinander, und die Luft war erfüllt vom Klang von Stahl auf Stahl und den Schreien der Kämpfer. El Cid, an der Spitze seiner Armee, kämpfte wie ein Löwe. Sein magischer Dolch blitzte im Sonnenlicht, und mit jeder Bewegung fielen feindliche Soldaten.

Aber auch der Bruder des Königs war ein fähiger Krieger. Er ritt durch seine Reihen und ermutigte seine Männer. „Für den Thron von Kastilien!", rief er.

El Cid, der das Schlachtfeld überblickte, erkannte, dass er den Feind direkt konfrontieren musste. Er ritt direkt auf den Bruder des Königs zu und rief: „Dies endet jetzt!"

Die beiden Männer trafen im Einzelkampf aufeinander. Es war ein Kampf von epischen Ausmaßen, beobachtet von beiden Armeen. Doch schließlich, nach einem intensiven Schlagabtausch, gelang es El Cid, seinen Gegner zu Boden zu werfen und ihn zu besiegen.

Die feindliche Armee, schockiert von dem Fall ihres Anführers, begann sich zurückzuziehen. Der Tag gehörte El Cid und Kastilien.

Zurück im Palast wurde El Cid als der größte Held des Königreichs gefeiert. König Sancho trat vor und sagte: „Dank dir, Rodrigo, ist Kastilien wieder sicher. Du wirst immer einen Platz in den Geschichtsbüchern haben."

El Cid verneigte sich. „Mein König, ich habe nur meine Pflicht getan."

Nach der Schlacht zog sich El Cid in seine Heimatstadt zurück. Er hatte genug vom Kämpfen und wollte seine verbleibenden Tage in Frieden verbringen. Er baute ein großes Anwesen und lebte dort mit seiner Familie.

Die Jahre vergingen, und El Cid wurde älter. Aber die Geschichten von seinen Heldentaten verbreiteten sich in ganz Kastilien und darüber hinaus. Väter erzählten ihren Kindern von den Abenteuern des großen Helden, und diese Geschichten wurden von Generation zu Generation weitergegeben.

Eines Tages, als die Sonne am Himmel von Kastilien unterging, schloss El Cid für immer die Augen. Aber seine Legende lebte weiter. Die Geschichten von El Cid, dem größten Helden von Kastilien, wurden noch viele Jahrhunderte lang erzählt, und sein Name wurde zum Symbol für Mut, Ehre und Loyalität.

Anwesen - Estate

Beanspruchte - Claimed

Bürgerkrieg - Civil war

Eifersucht - Jealousy

Einzelkampf - Single combat

Entschlossenheit - Determination

Erfuhr - Learned (found out)

Ermutigte - Encouraged

Fähiger - Capable

Feindliche - Hostile, enemy (as an adjective)

Geschichtsbücher - History books

Gier - Greed

Heldentaten - Heroic deeds

Herausforderung - Challenge

Pass - Pass (as in mountain pass)

Pflicht - Duty

Schlachtfeld - Battlefield

Schlagabtausch - Exchange of blows

Schmiedete - Forged, devised

Soldaten - Soldiers

Spionen - Spies

Stahl - Steel

Sturm - Storm

Überblickte - Overlooked, surveyed

Ungeschützten - Unprotected

Verbleibenden - Remaining

Verrat - Betrayal

Vorboten - Harbingers, forerunners

Zahlen - Numbers (in this context, refers to 'numbers of people')

Zurückzuziehen - To retreat

Zusammenbruch - Fall, defeat (in the context of 'fall of their leader')

Roland

1. Die Ehre des Paladins

In der großen Halle von Aachen saß König Karl der Große auf seinem majestätischen Thron, umgeben von seinen zwölf Paladinen. Jeder Paladin war ein Meisterkrieger, und unter ihnen war Roland der bekannteste. Sein Mut, seine Stärke und seine Loyalität zum König waren in ganz Europa bekannt.

„Eure Majestät", begann ein Bote atemlos, nachdem er sich vor dem König verneigt hatte, „wir haben einen dringenden Hilferuf aus Spanien erhalten. Die Stadt Zaragoza wird von den muslimischen Mauren belagert."

König Karl rieb sich nachdenklich das Kinn. „Das ist besorgniserregend", murmelte er. „Wir müssen handeln." Er sah sich in der Halle um und sein Blick fiel auf Roland. „Roland", sagte er entschlossen, „ich ernenne dich zum Anführer dieses Feldzugs. Du wirst nach Spanien ziehen und Zaragoza befreien."

Roland verneigte sich tief. „Ich bin geehrt, Eure Majestät. Mit Gottes Hilfe werden wir siegreich sein."

Mit einem entschlossenen Schritt verließ Roland die Halle, gefolgt von einigen seiner treuesten Männer. In seinen Händen trug er das legendäre Schwert Durendal, welches in vielen Schlachten seine Stärke und Schärfe bewiesen hatte. Die Reise nach Spanien war weit und voller Gefahren, doch Roland und seine Männer waren bereit, jede Herausforderung anzunehmen.

Während sie durch dichte Wälder und über hohe Berge zogen, sprach Oliver, Rolands bester Freund und ebenfalls ein Paladin, zu ihm: „Roland, denkst du, es war klug, ohne Verstärkung zu ziehen? Die Mauren sind zahlreich."

Roland lächelte. „Oliver, wir haben Durendal und den Segen des Königs. Wir müssen nur mutig sein und für unsere Ehre kämpfen."

Nach vielen Tagen des Marsches wurden sie plötzlich in einem engen Tal von einem feindlichen Heer überrascht. Pfeile zischten durch die Luft, und der Schrei der Mauren erfüllte die Stille.

„Hinterhalt!", rief Roland und zog Durendal aus seiner Scheide. „Für König Karl und für unser Reich!"

Die Paladine kämpften mutig, doch die Überzahl der Mauren war erdrückend. Überall um Roland herum fielen seine Männer. Er kämpfte mit der Kraft von zehn Männern, doch auch er wusste, dass sie Hilfe brauchten.

In einem verzweifelten Versuch blies Roland sein Horn Olifant so laut er konnte, in der Hoffnung, dass der Klang bis zu König Karl durchdringen würde. Der tiefe, hallende Klang des Horns erfüllte das Tal und hallte von den Bergwänden wider.

„Das ist Rolands Horn!", rief ein Krieger. „Hilfe wird kommen!"

Aber wird die Hilfe rechtzeitig eintreffen? Während die Mauren näher rückten und die Paladine weiterkämpften, blieb die Frage in der Luft hängen. Roland, der tapfere Paladin, war bereit, bis zum letzten Atemzug für seine Ehre und sein Reich zu kämpfen.

Belagert - Besieged

Bote - Messenger

Durchdringen - To penetrate, reach

Ehre - Honor

Entschieden - Decided, determined

Erdrückend - Overwhelming

Ernennen - To appoint

Feldzug - Campaign, military expedition

Geehrt - Honored

Gefahren - Dangers

Hallende - Echoing

Herausforderung - Challenge

Hilferuf - Call for help

Hinterhalt - Ambush

Horn - Horn (musical instrument or animal horn)

Kämpften - Fought

Kluge - Wise, clever (used in a questioning manner here)

Königreich - Kingdom

Legendäre - Legendary

Mauren - Moors

Marsches - March, journey

Meisterkrieger - Master warrior

Nachdenklich - Thoughtful, contemplative

Olifant - Olifant (name of Roland's horn)

Paladin - Paladin (a type of knight)

Reich - Empire, realm

Rückten - Advanced, approached

Scheide - Sheath

Schlachten - Battles

Schrei - Scream, cry

Schärfe - Sharpness

Segen - Blessing

Stille - Silence

Überzahl - Superior numbers, outnumbered

Verneigt - Bowed

Verstärkung - Reinforcement

Verzweifelten - Desperate

Weit - Far, distant

Zischten - Hissed, whizzed

2. Das Ränkespiel von Ganelon

In einem dunklen Zelt, weit entfernt vom Kampfgeschehen, saß Ganelon, Rolands Stiefvater, mit einem finsteren Ausdruck im Gesicht. Er blickte auf die Karten von Roland und seinen Männern, die er in seinen Händen hielt. Ganelon war einst ein stolzer Ritter, doch Rolands Ruhm und Anerkennung hatten Neid und Missgunst in seinem Herzen geweckt.

„Mit diesen Informationen", flüsterte Ganelon einem maurischen Spion zu, „wird Roland keinen Schritt mehr tun, ohne dass ihr es wisst."

Der Spion nickte und verbeugte sich. „Du hast uns einen großen Dienst erwiesen, Ganelon. Sobald Roland ausgeschaltet ist, wird dir eine Belohnung zuteil."

Ganelon lächelte verschmitzt. „Das ist mir versprochen."

Als Roland sein Horn blies, hallte der Klang durch die Landschaft und erreichte die Ohren von König Karl. Er blickte besorgt in die Richtung des Klangs. „Das ist Rolands Horn! Er braucht unsere Hilfe!", rief er.

Aber Ganelon trat vor. „Eure Majestät", sagte er mit scheinheiliger Besorgnis, „ich kenne Roland gut. Er ist jung und voller Übermut. Vielleicht hat er nur aus Spaß in das Horn geblasen."

„Du denkst also, wir sollten nicht eingreifen?", fragte Karl mit gerunzelter Stirn.

Ganelon nickte. „Ja, Eure Majestät. Wir sollten weiterziehen. Roland und seine Männer werden bald zu uns stoßen."

König Karl war unschlüssig. Er wollte Roland nicht im Stich lassen, aber Ganelon war ein erfahrener Krieger und sein Rat war oft von Wert gewesen.

Inzwischen waren Roland und seine Paladine von den Mauren umzingelt. Sie kämpften tapfer, aber die Überzahl des Feindes drückte sie immer weiter zurück. Oliver, Rolands treuester Freund

und Kampfgefährte, stand Schulter an Schulter mit ihm, aber auch er spürte die Erschöpfung.

„Roland", rief Oliver mit blutverschmiertem Gesicht, „wir können nicht mehr lange durchhalten!"

Roland nickte schwer atmend. „Ich weiß, Oliver. Aber wir müssen kämpfen, bis Karl kommt."

Inmitten des Chaos des Kampfes spürte Roland einen stechenden Schmerz in seiner Seite. Er blickte hinunter und sah eine blutige Wunde. Aber er ließ sich nicht unterkriegen und schwang weiterhin sein Schwert, Durendal, das im Sonnenlicht glänzte.

Plötzlich stürzte Oliver mit einem Schrei zu Boden, getroffen von einem feindlichen Speer. „Nein!", schrie Roland und kämpfte sich zu seinem Freund durch. Er kniete sich neben Oliver nieder, der schwer verletzt war.

„Roland", flüsterte Oliver mit schwacher Stimme, „pass auf dich auf. Und … pass auf Ganelon auf."

Roland sah ihn verwirrt an. „Was meinst du?"

Oliver hustete Blut. „Ich habe … ich habe Ganelon gesehen, wie er mit den Mauren sprach. Er hat uns verraten."

Roland spürte, wie Wut und Entsetzen ihn übermannten. „Das werde ich ihm nie verzeihen", schwor er.

Aber es war keine Zeit für Rache. Roland musste weiterkämpfen. Unterstützt von der magischen Kraft seines Schwertes Durendal gelang es ihm, viele Feinde zurückzudrängen. Doch die Mauren waren immer noch in der Überzahl.

Wird Roland den Verrat überleben und Rache für seinen gefallenen Freund nehmen können? Das Schicksal des tapferen Paladins hängt am seidenen Faden.

Atmend - Breathing

Ausdruck - Expression

Ausschaltet - Eliminates, turns off

Besorgnis - Concern, worry

Blutverschmiertem - Blood-smeared

Durchhalten - To endure, hold on

Eingreifen - To intervene

Erschöpfung - Exhaustion

Flüsterte - Whispered

Gefallenen - Fallen (as in deceased)

Geschick - Fate, destiny

Glänzte - Shone, gleamed

Kampfgeschehen - Combat action

Kampfgefährte - Comrade-in-arms

Karten - Maps, cards

Kniete - Knelt

Magischen - Magical

Missgunst - Envy, resentment

Neid - Envy

Pass - Look out, take care

Rache - Revenge, vengeance

Ränkespiel - Intrigue, scheme

Rat - Advice, counsel

Ritter - Knight

Scheinheiliger - Hypocritical, sanctimonious

Schmerz - Pain

Schulter - Shoulder

Schwacher - Weak

Schwur - Swore, vow

Seidenen - Silken

Spezialist - Specialist

Spion - Spy

Stechenden - Stinging, sharp

Stich - Leave, abandon

Stolzer - Proud

Stürzte - Fell, crashed

Tapferen - Brave

Übermannten - Overwhelmed

Umzingelt - Surrounded, encircled

Unschlüssig - Undecided, uncertain

Unterkriegen - To get down, subdue

Verschmitzt - Mischievous, sly

Verwirrt - Confused

Verrat - Betrayal, treason

Wunde - Wound, injury

Zu Boden - To the ground

3. Das Ende eines Helden

Die Sonne stand tief am Himmel und tauchte das Schlachtfeld
in ein rötliches Licht. Überall lagen die Körper gefallener Krieger,
und der Boden war mit Blut getränkt. Mitten im Chaos stand
Roland, schwer atmend und umgeben von Feinden. Er spürte, wie
seine Kräfte nachließen. Jeder seiner Schläge, jeder seiner Schritte
wurde schwerer.

Mit einer letzten verzweifelten Anstrengung versuchte Roland,
sein Schwert Durendal zu zerstören. Er wollte nicht, dass so eine
mächtige Waffe in die Hände der Mauren fiel. Er schlug es gegen
einen Stein, dann gegen einen anderen, aber das Schwert blieb

unversehrt. Es war, als ob Durendal seinen eigenen Willen hätte und sich weigerte, zerstört zu werden.

Mit Tränen in den Augen kniete Roland nieder und betete: „Oh Gott, vergib mir meine Sünden. Ich habe immer versucht, ein guter Ritter und ein treuer Diener zu sein. Bitte, nimm meine Seele in deine Hände."

Er dachte zurück an all die Schlachten, die er gekämpft hatte, an die Freunde, die er verloren hatte, und an die Pflichten, die er gegenüber König Karl hatte. Bilder seiner Vergangenheit flackerten vor seinen Augen auf. Roland sah sich selbst als jungen Ritter, der das erste Mal in den Krieg zog. Er sah die Gesichter seiner Kameraden, die an seiner Seite gekämpft hatten.

Ein scharfer Schmerz durchzuckte ihn und brachte ihn zurück in die Gegenwart. Er war getroffen worden. Roland wusste, dass er nicht mehr lange zu leben hatte. Mit letzter Kraft zog er sich zu einem Baumstamm und lehnte sich dagegen. Er blickte in den Himmel und flüsterte ein letztes Gebet. Dann schloss er die Augen, und seine Seele verließ seinen Körper.

Als die Nachricht von Rolands Tod das Lager von König Karl erreichte, war die Trauer groß. Karl, der Roland wie einen Sohn geliebt hatte, war am Boden zerstört. „Dieser tapfere Krieger hat sein Leben für uns geopfert", sagte er mit tränenerstickter Stimme. „Wir dürfen seinen Tod nicht ungerächt lassen."

Unter Karls Führung marschierten die Truppen gegen die Mauren. Die Schlacht war heftig, aber mit Entschlossenheit und dem Gedanken an Roland im Hinterkopf kämpften die französischen Ritter tapferer denn je. Schließlich gelang es ihnen, die Mauren zurückzudrängen und sie zu besiegen.

Nach dem Sieg wurde Ganelon gefasst. Er wurde vor König Karl gebracht, der ihn mit verachtungsvollem Blick ansah. „Du hast deinen eigenen Stiefsohn verraten und den Tod von so vielen tapferen Rittern verursacht", sagte Karl kalt. „Für deinen Verrat gibt es nur eine Strafe." Ganelon wurde zum Tode verurteilt und hingerichtet.

Roland wurde in ganz Frankreich als Held verehrt. Überall erzählte man Geschichten über seine Tapferkeit und sein Opfer. In vielen Kirchen wurden Bilder von ihm aufgehängt, und Lieder wurden zu seinen Ehren gesungen. Sein Name wurde zum Symbol für Mut, Loyalität und Ehre.

Auch heute noch, viele Jahre nach seinem Tod, ist die Legende von Roland lebendig. Sein Andenken wird von Generation zu Generation weitergegeben, und er wird immer als einer der größten Helden der französischen Geschichte in Erinnerung bleiben.

Anstrengung - Effort

Aufgehängt - Hung up, displayed

Besiegen - To defeat, conquer

Durchzuckte - Flashed through, shot through

Entschlossenheit - Determination, resolve

Ereichte - Reached, arrived at

Erinnert - Remembered

Flackerten - Flickered

Gedanke - Thought, idea

Geopfert - Sacrificed

Geschichten - Stories, tales

Hingerichtet - Executed

Hinterkopf - Back of the head, mind

Kirchen - Churches

Krieger - Warrior, fighter

Lager - Camp

Lehnte - Leaned

Marschierten - Marched

Nieder - Down (as in knelt down)

Pflichten - Duties, obligations

Rächten - Avenged, revenged

Scharfer - Sharp

Schlachtfeld - Battlefield

Schließt - Closes, concludes

Strafe - Punishment

Tapferer - Braver, more courageous

Tief - Deep, low

Tränenerstickter - Tear-choked, tearful

Truppen - Troops, forces

Ungerächt - Unavenged

Unversehrt - Unharmed, intact

Verachtungsvollem - With contempt, scornful

Verehrt - Revered, honored

Verlassen - Left, abandoned

Verurteilt - Convicted, condemned

Zerstört - Destroyed

Zerstören - To destroy

Zog - Pulled, drew

4. Das Andenken an Roland

Die Nachricht von Rolands Tod verbreitete sich schnell durch das ganze Land, und überall herrschte tiefe Trauer. Der Paladin hatte sich einen Namen als unerschrockener Krieger und treuer Diener von König Karl gemacht. Es war nur passend, dass der König beschloss, ein monumentales Grab für ihn zu errichten.

In der Hauptstadt wurde ein prachtvoller Grabstein mit einer Inschrift errichtet, die Rolands Tapferkeit und seine Loyalität zum

König rühmte. Menschen aus allen Ecken des Königreichs kamen als Pilger, um dem gefallenen Helden ihre Ehre zu erweisen. Sie legten Blumen nieder, beteten und zündeten Kerzen an.

„Er war wahrlich ein großer Mann", sagte ein älterer Herr zu seiner Frau, als sie vor dem Grab standen. „Die Geschichten über seine Heldentaten werden noch lange erzählt werden."

„Ja", stimmte sie zu. „Er war ein Symbol für Mut und Loyalität. Ich hoffe, unsere Kinder werden von ihm lernen und genauso tapfer sein."

Die Geschichte von Rolands Tapferkeit und Treue wurde in vielen Liedern und Gedichten besungen. In jeder Stadt, in jedem Dorf hörte man Minnesänger von Rolands Abenteuern erzählen. Einer von ihnen, ein talentierter Minnesänger namens Turoldus, wurde besonders berühmt durch sein episches Gedicht, das „Chanson de Roland". Es erzählte von Rolands Heldentaten, seiner unerschütterlichen Treue zu König Karl und seinem tragischen Ende.

„Hört, hört!", rief Turoldus, als er auf einem Marktplatz in der Hauptstadt ankam. „Ich werde euch die Geschichte von Roland, dem tapfersten aller Paladine, erzählen."

Die Menschen versammelten sich um ihn, gespannt auf das Lied, das er singen würde. Mit leidenschaftlicher Stimme trug Turoldus das „Chanson de Roland" vor, und die Zuhörer waren tief bewegt.

Das Gedicht wurde schnell zu einem der bedeutendsten Werke der mittelalterlichen Literatur. Überall im Land wurde es gelesen und gesungen. Es war nicht nur eine Hommage an Roland, sondern auch ein Symbol für die Ideale von Mut, Ehre und Loyalität.

Mit der Zeit verbreitete sich die Legende von Roland über die Grenzen Frankreichs hinaus. In ganz Europa wurden Geschichten über den Paladin erzählt. Er wurde zu einem Helden in vielen Legenden und Mythen. Künstler, Dichter und Musiker ließen sich von seiner Geschichte inspirieren und schufen Meisterwerke, die Rolands Andenken ehren sollten.

Rolands Schwert Durendal wurde ebenfalls legendär. Es wurde zu einem Symbol für unerschütterlichen Mut und Loyalität. Viele Krieger träumten davon, ein Schwert wie Durendal zu besitzen und genauso tapfer zu sein wie Roland.

„Hast du von dem Schwert Durendal gehört?", fragte ein junger Krieger seinen älteren Kameraden während eines Trainings.

„Natürlich", antwortete der ältere Krieger. „Es war das Schwert von Roland, dem größten aller Paladine. Es heißt, dass es unzerstörbar ist."

„Ich wünschte, ich könnte es einmal in meinen Händen halten", sagte der junge Krieger sehnsüchtig.

„Nun, es ist mehr als nur ein Schwert", erklärte der ältere Krieger. „Es ist ein Symbol für alles, wofür Roland stand. Wenn du wirklich so tapfer sein willst wie er, dann musst du mehr als nur ein Schwert besitzen. Du musst seinen Geist in dir tragen."

Die Jahre vergingen, und während Königreiche aufstiegen und fielen, lebte die Legende von Roland weiter. Seine Geschichte wurde von Generation zu Generation weitergegeben, und er wurde zu einem ewigen Symbol für die Ideale von Mut, Ehre und Loyalität.

Jedes Kind in Frankreich wuchs mit den Geschichten von Roland auf, und sein Andenken wurde tief im Herzen des Volkes verankert. Es war klar, dass die Legende von Roland niemals sterben würde. Sie würde weiterleben, solange es Menschen gab, die an die Ideale von Mut, Ehre und Loyalität glaubten.

Andenken - Memory, keepsake

Ankam - Arrived

Aufstiegen - Rose, ascended

Besungen - Sung about

Bewegt - Moved, touched

Blumen - Flowers

Chanson - (French) Song

Ehre - Honor

Ehren - To honor

Eifersüchtig - Jealous

Eifersucht - Jealousy

Einsamkeit - Loneliness, solitude

Einschüchternd - Intimidating

Einschränkung - Restriction, limitation

Einstieg - Entry, beginning

Eiserner - Iron, made of iron

Element - Element

Energisch - Energetic, vigorous

Engagement - Commitment, engagement

Entgegengesetzt - Opposite

Entschlossenheit - Determination

Entschuldigen - To excuse, apologize

Erfahrung - Experience

Erfolgreich - Successful

Erheblich - Considerable, significant

Erkenntnisse - Insights, findings

Eroberung - Conquest

Errichten - To erect, build

Erwähnung - Mention

Ewigen - Eternal

Gedenken - To commemorate, remember

Gedicht - Poem

Gefallenen - Fallen (ones)

Geist - Spirit, mind

Gelesen - Read

Gespannt - Excited, eager

Hauptstadt - Capital city

Herzen - Hearts

Hörte - Heard

Hommage - Homage, tribute

Inspirieren - To inspire

Inschrift - Inscription

Kameraden - Comrades, peers

Königreichs - Kingdom

Künstler - Artist

Leidenschaftlicher - Passionate

Meisterwerke - Masterpieces

Minnesänger - Minstrel, troubadour

Monumentales - Monumental

Prachtvoller - Magnificent

Rief - Called, shouted

Schwur - Oath

Sehnsüchtig - Longingly, wistfully

Symbol - Symbol

Tapferkeit - Bravery, valor

Trauer - Mourning, sorrow

Treue - Loyalty, faithfulness

Unerschrockener - Fearless, dauntless

Unerschütterlichen - Unshakable, unwavering

Unzerstörbar - Indestructible

Verankert - Anchored, rooted

Verbessern - To improve

Verbessert - Improved

Verbessern - To improve

Verbessert - Improved

Verbissen - Dogged, tenacious

Verbreitete - Spread, disseminated

Vergangenheit - Past, history

Verurteilt - Condemned, convicted

Vor - Before, in front of

Wofür - For what, what for

Zuhörer - Listeners

Zündeten - Lit, kindled

Tristan und Isolde

1. Die Prophezeiung und der Beginn der Reise

In den alten Mauern von Cornwall regierte König Marke, ein weiser Herrscher, dessen Neffe Tristan weit über die Grenzen des Königreiches für seine Tapferkeit und Ehre bekannt war. Eines Tages rief König Marke Tristan zu sich.

„Mein Neffe", begann der König, „es ist an der Zeit, dass ich heirate, um das Königreich zu stärken. Ich habe von der Schönheit und Güte der Prinzessin Isolde aus Irland gehört. Würdest du nach Irland segeln und um ihre Hand für mich anhalten?"

Tristan fühlte eine tiefe Loyalität gegenüber seinem Onkel. „Ich werde Euren Wunsch erfüllen, mein König", antwortete er entschlossen.

In der Nacht vor seiner Abreise erschien Tristan jedoch ein geheimnisvoller Traum. Eine alte Seherin stand vor ihm und sprach mit zitternder Stimme: „Dein Schicksal ist eng mit dem der Prinzessin Isolde verknüpft. Eine verhängnisvolle Liebe wird euch beide erfassen."

Tristan erwachte, verwirrt und beunruhigt über diese Worte. Dennoch setzte er seine Reise fort und segelte mutig über das stürmische Meer nach Irland.

Während der Reise zeigte Tristan seine wahre Stärke. Ein furchterregender Drache bedrohte das Land, in dem sie anlegten. Mit nichts als seinem Schwert und seinem Mut stellte er sich dem Drachen und besiegte ihn. Das Volk jubelte, und die Nachricht von seiner Heldentat erreichte bald den irischen König.

„Dieser Tristan ist wahrlich ein heldenhafter Mann", sagte der irische König beeindruckt. „Ich muss ihn treffen."

Als Tristan vor den König trat, wurde er mit Ehren empfangen. Auch Prinzessin Isolde war zugegen und lauschte gespannt den Erzählungen über den mutigen Ritter.

„Ihr habt große Tapferkeit bewiesen“, sagte sie zu Tristan, aber ihre Augen verrieten eine Spur von Misstrauen. „Aber warum seid Ihr wirklich hier?“

Tristan antwortete: „Ich bin gekommen, um im Namen meines Onkels, König Marke von Cornwall, um Eure Hand anzuhalten.“

Isolde spürte eine unerklärliche Verbindung zu diesem Fremden, obwohl sie wusste, dass sie bestimmt war, jemand anderem anzugehören.

In den Tagen vor der Abreise bereitete die Mutter Isoldes, eine erfahrene Kräuterkundige, einen geheimen Liebestrank vor. Dieser Trank sollte Isolde und König Marke ewige Liebe schenken.

Doch das Schicksal hatte andere Pläne. Während der Rückreise nach Cornwall, auf hoher See, griff Tristan versehentlich nach dem Krug mit dem Liebestrank, denkend, es sei Wasser.

„Tristan, trinkt das nicht!“, rief Isolde erschrocken, aber es war zu spät. Sie hatten beide von dem Trank getrunken.

Die Wirkung des Trankes war unmittelbar. Tristan schaute in Isoldes Augen und fühlte eine Liebe, die so mächtig war, dass sie seine ganze Existenz zu überwältigen schien.

„Isolde“, flüsterte er, „was ist geschehen?“

„Wir haben den Liebestrank getrunken“, antwortete Isolde mit Tränen in den Augen. „Eine Liebe, die nie hätte sein dürfen, hat nun begonnen.“

Die Reise zurück nach Cornwall war von einer bittersüßen Zärtlichkeit und einem tiefen Verlangen geprägt, das beide zu unterdrücken versuchten. Sie wussten, dass ihre Liebe unmöglich war, aber das Herz folgt oft nicht der Vernunft.

Als sie in Cornwall ankamen, war die Luft erfüllt von einem Gefühl der Unausweichlichkeit. Tristan wusste, dass er seinen Onkel nicht hintergehen konnte, und Isolde fühlte sich gefangen zwischen Pflicht und dem Wunsch ihres Herzens.

In den folgenden Tagen führte Tristan Isolde dem König Marke zu. Mit schwerem Herzen und Tränen, die unaufhaltsam in ihre Herzen rannen, standen sie vor dem König.

„Mein König", sagte Tristan, „ich präsentiere Euch Prinzessin Isolde."

König Marke sah die Traurigkeit in ihren Augen, aber deutete sie als die Angst einer jungen Braut. „Willkommen in Cornwall, Prinzessin Isolde. Ihr werdet hier eine gute Königin sein."

So endete die Reise, aber die Geschichte von Tristan und Isolde hatte gerade erst begonnen. Eine Geschichte, die von Liebe und Leid, Treue und Verrat erzählen sollte. Eine Liebe, so mächtig, dass sie in den Sternen geschrieben stand, doch so verhängnisvoll, dass sie nur in Tränen enden konnte.

Abreise - departure

Anhalten (um die Hand anhalten) - to propose (to ask for one's hand in marriage)

Bedrohte (bedrohen) - threatened (to threaten)

Beeindruckt - impressed

Bittersüße (bittersüß) - bittersweet

Erfassen (erfassen) - to seize, to capture

Erzählungen - stories, narratives

Furchterregender (furchterregend) - terrifying

Geheimnisvoller (geheimnisvoll) - mysterious

Herrscher - ruler, sovereign

Jubelte (jubeln) - cheered (to cheer)

Kräuterkundige - herbalist

Liebestrank - love potion

Misstrauen - distrust, suspicion

Neffe - nephew

Prophezeiung - prophecy

Prägt (prägen) - marked, characterized (to shape, to influence)

Rückreise - return journey

Schicksal - fate, destiny

Seherin - seeress, prophetess

Spürte (spüren) - felt (to feel)

Stärke - strength

Trank - drink, potion

Trank (trinken) - drank (to drink)

Unausweichlichkeit - inevitability

Unterdrücken (unterdrücken) - to suppress

Verbindung - connection, bond

Verhängnisvolle (verhängnisvoll) - fateful, fatal

Vernunft - reason, rationality

Verrieten (verraten) - betrayed (to betray, to reveal)

Wahre (wahr) - true (true, real)

Zärtlichkeit - tenderness

2. Verbotene Liebe

Nach ihrer Ankunft in Cornwall waren Tristan und Isolde gezwungen, ihre wahre Verbindung zu verbergen. Jeder Tag unter dem wachsamen Auge des Hofes wurde zu einer Qual für die Liebenden.

Der prächtige Palast des Königs, der einst Tristans Zufluchtsort gewesen war, fühlte sich nun wie ein goldener Käfig an. Die Heirat zwischen Isolde und König Marke wurde mit großem Pomp gefeiert, doch die Herzen der Braut und des besten Mannes waren erfüllt von stiller Verzweiflung.

In den Nächten, die auf die Hochzeit folgten, lagen Tristan und Isolde wach, jeder in seinem eigenen Gemach, getrennt durch Mauern, aber verbunden durch ihre unerlaubte Liebe. Tristan erinnerte sich an Isoldes Lächeln, wie es sein Herz zum Schmelzen brachte. Isolde hingegen sehnte sich nach Tristans beruhigender Stimme, die ihr in den dunkelsten Stunden Trost spendete.

Sie trafen sich heimlich, meist in den abgelegenen Gärten oder in den versteckten Gängen des Schlosses. Bei jedem Treffen waren die beiden vorsichtiger geworden, denn die Angst, entdeckt zu werden, wuchs stetig.

„Wir können so nicht weitermachen, Tristan", flüsterte Isolde während eines ihrer nächtlichen Treffen. „Jeder Moment in deiner Nähe ist ein süßes Gift."

„Ich weiß", erwiderte Tristan mit schwerem Herzen. „Aber ich kann nicht ohne dich sein. Du bist die Luft, die ich atme."

Während sie in den Schatten verborgen waren, kämpften sie mit ihren Emotionen. Die Liebe, die sie teilten, war rein und tief, aber sie war auch eine Last, die schwer auf ihren Schultern lag.

Die Tage verstrichen, und das geheime Verhältnis von Tristan und Isolde wuchs intensiver. Doch mit der Intensität ihrer Liebe wuchs auch das Risiko. Einige Mitglieder des Hofes begannen, Verdacht zu schöpfen. Flüsternde Diener und neugierige Blicke wurden alltäglich.

Eines Tages, als Tristan Isolde in ihrem Gemach besuchte, wurden sie von einem Diener des Königs überrascht. In Panik versteckte sich Tristan, während Isolde versuchte, den Diener zu beschwichtigen.

„Prinzessin, ich wollte nicht stören", stammelte der Diener, aber der Verdacht in seinen Augen war unverkennbar.

„Es ist alles in Ordnung", antwortete Isolde mit zittriger Stimme. „Ich war nur in Gedanken versunken."

Als der Diener gegangen war, atmeten beide erleichtert auf, aber ihnen war klar, dass ihre heimlichen Treffen nun noch gefährlicher geworden waren. Das Netz der Intrigen am Hof zog sich enger zusammen, und Tristan und Isolde mussten sich entscheiden: Sollten sie ihr gefährliches Spiel fortsetzen oder sich der bitteren Realität stellen?

In dieser Nacht, versteckt in einem stillen Winkel des Schlossgartens, fassten sie einen verzweifelten Plan. „Wir müssen fliehen", flüsterte Tristan. „Es ist unsere einzige Chance."

Isolde sah ihn mit Tränen in den Augen an. „Und was ist mit König Marke? Mit deiner Loyalität ihm gegenüber?"

„Meine Loyalität gehört meinem Herzen, und das gehört dir", antwortete Tristan entschlossen. „Wir können nicht länger in dieser Lüge leben."

So planten sie ihre Flucht, getrieben von der Liebe, die sie verband, und der Angst vor den Konsequenzen, die ihr Geheimnis nach sich ziehen könnte. Sie wussten, dass ihr Entschluss nicht nur ihr eigenes Schicksal besiegeln würde, sondern auch das vieler anderer im Königreich Cornwall.

Abgelegenen (abgelegen) - secluded, remote

Beschwichtigen - to appease, to calm

Einzige (einzige Chance) - only (only chance)

Entschluss - decision, resolution

Erwiderte (erwidern) - replied (to reply)

Flüsternde (flüstern) - whispering (to whisper)

Geheimnis - secret

Gemach - chamber, room

Gefährliches (gefährlich) - dangerous

Gezwungen - forced, compelled

Heimlich - secretly

Intensität - intensity

Intrigen - intrigues, plots

Konsequenzen - consequences

Loyalität - loyalty

Mitglieder - members

Neugierige (neugierig) - curious (people)

Pomp - pomp, splendor

Prächtige (prächtig) - magnificent, splendid

Schatten - shadows

Schöpfen (Verdacht schöpfen) - to start suspecting

Stammelte (stammeln) - stammered (to stammer)

Stille (still) - quiet, silent

Süßes (süß) - sweet

Treue - fidelity, loyalty

Unverkennbar - unmistakable

Verbergen - to hide, to conceal

Verbotene (verboten) - forbidden

Verbindung - connection

Verhältnis - affair, relationship

Versunken (in Gedanken versunken) - lost in thought

Wachsamen (wachsam) - watchful

Zog (zog sich zusammen) - tightened (tightened up)

3. Flucht und Verbannung

Nachdem Tristan und Isolde in der Dunkelheit des Waldes verschwanden, begann ein neues Kapitel ihres Lebens – geprägt von Verborgenheit und einer unerschütterlichen Liebe.

Sie fanden Zuflucht in einer abgelegenen Höhle, verborgen durch dichtes Blattwerk und die Stille der Natur. Hier, weit weg vom prunkvollen Hof, lebten sie in einer Welt, die nur ihnen gehörte. Das Rauschen des Windes in den Bäumen und das sanfte Plätschern eines nahen Baches waren ihre einzigen Begleiter.

Tage und Nächte verstrichen in ihrer verborgenen Zuflucht. Tristan jagte, während Isolde aus Beeren und Kräutern bescheidene Mahlzeiten zubereitete. In den Abendstunden erzählten sie sich Geschichten und planten ihre Zukunft, so ungewiss sie auch sein mochte.

Doch ihre Idylle war trügerisch. König Marke, von Verrat und Schmerz überwältigt, hatte Suchtrupps ausgesandt, um das entlaufene Paar zu finden. Die Loyalität des Königs gegenüber Tristan wurde auf eine harte Probe gestellt; der Schmerz über den Verrat seines geliebten Neffen vermischte sich mit der Bitterkeit des Verlustes seiner jungen Frau.

Die Tage des unbeschwerten Glücks in der Wildnis waren gezählt. Eines Morgens, als die ersten Sonnenstrahlen durch das Blätterdach der Höhle brachen, hörten Tristan und Isolde die Stimmen von Männern – Suchtrupps, die sie aufgespürt hatten.

Tristan griff zu seinem Schwert, bereit, bis zum letzten Atemzug zu kämpfen. „Isolde, bleib hinter mir", sagte er mit fester Stimme.

„Nein, Tristan", entgegnete Isolde. „Wir stellen uns dem Schicksal gemeinsam."

Mit erhobenen Händen traten sie aus der Höhle, um sich ihren Verfolgern zu stellen. Die Männer, überrascht von der friedvollen Kapitulation, führten Tristan und Isolde zurück zum Schloss.

Vor König Marke geführt, sanken Tristan und Isolde auf die Knie. „Mein König", begann Tristan, „ich bitte um Vergebung, nicht für die Liebe, die ich empfinde, denn sie ist wahr und tief, sondern für den Schmerz, den ich verursacht habe."

Isolde blickte mit Tränen in den Augen auf. „Mein Herz hat nie aufgehört, Euch zu respektieren, mein König", sagte sie. „Aber es gehört unwiderruflich Tristan."

König Marke, sichtlich gequält, schwankte zwischen Gerechtigkeit und Gnade. Nach langem Schweigen erhob er sich. „Tristan, mein Neffe, mein Herz kann euch nicht verzeihen. Aber es kann auch nicht vergessen, was ihr für mich und für Cornwall getan habt."

„Ihr werdet ins Exil geschickt", fuhr der König fort, während Tristans Herz schwer wurde. „Und Isolde, ihr bleibt am Hof, aber ihr werdet euch nie wiedersehen."

Die Entscheidung des Königs fiel wie ein Donnerschlag. Tristan und Isolde, die einander einen letzten, langen Blick zuwarfen, wussten, dass dies das Ende ihrer gemeinsamen Geschichte sein könnte.

Tristan verließ Cornwall mit einem Herzen voller Schmerz und Liebe. Er blickte zurück auf das Schloss, das nun klein am Horizont erschien, und ein Gefühl unausweichlichen Schicksals überkam ihn. Die Geschichte von Tristan und Isolde war noch nicht zu Ende – das Schicksal hatte zweifellos noch mehr für sie bereit.

Baches (Bach) - stream, brook

Bescheiden - modest, humble

Blätterdach - canopy of leaves

Blattwerk - foliage

Erschien (erscheinen) - appeared (to appear)

Exil - exile

Fester (fest) - firm, solid

Geführt (führen) - led (to lead)

Geprägt - characterized, shaped

Gerechtigkeit - justice

Herzschwer - heavy-hearted

Kapitulation - capitulation, surrender

Kräuter - herbs

Mahlzeiten - meals

Plätschern - rippling, splashing

Prunkvollen (prunkvoll) - splendid, magnificent

Rauschen - rustling, murmuring

Respektieren - to respect

Sanfte (sanft) - gentle, soft

Schicksal - fate, destiny

Schloss - castle

Schmerz - pain, sorrow

Schwankte (schwanken) - wavered, fluctuated

Stellen (sich stellen) - to face, to confront

Suchtrupps - search parties

Tränen - tears

Überwältigt - overwhelmed

Unaufhörlich - unwavering, unceasing

Unerschütterlichen (unerschütterlich) - unshakable, steadfast

Unwiderruflich - irrevocably, irreversibly

Verbannung - banishment, exile

Vergebung - forgiveness

Verursacht (verursachen) - caused (to cause)

Verrat - betrayal

Verzeihen - to forgive

Wahr - true, real

Zuwandten (sich zuwenden) - turned towards (to turn towards)

4. Neue Wege und alte Sehnsüchte

Nach seiner Verbannung aus Cornwall zog Tristan, ein Ritter ohne Heimat, durch die Länder Europas. Er suchte nach einem Weg, seinen Schmerz und seine Sehnsucht nach Isolde zu überwinden. Überall, wo er hinkam, nahm er an Turnieren teil, errang Ruhm und wurde für seine Tapferkeit und Ehre gefeiert. Doch in den stillen Nächten, unter dem Sternenhimmel, war sein Herz immer bei Isolde.

Eines Tages begegnete er Isolde von den weißen Händen. Sie war eine junge Frau von außergewöhnlicher Schönheit und hatte eine verblüffende Ähnlichkeit mit seiner ersten Liebe. Ihre sanfte Art und ihr mitfühlendes Wesen zogen ihn in ihren Bann. In einem Moment der Schwäche, getrieben von der Sehnsucht nach der echten Isolde, heiratete Tristan sie. Doch die Ehe blieb unerfüllt, da sein Herz immer noch bei seiner ersten Isolde war.

Isolde von den weißen Händen sah die Traurigkeit in Tristans Augen. „Tristan, ich sehe, wie du nachts in den Sternen ihre Augen suchst", sagte sie leise. „Mein Herz gehört dir, aber ich weiß, dass ich nie ihre Stelle einnehmen kann."

Tristan antwortete mit schwerem Herzen: „Es tut mir leid. Ich wollte dir nie Schmerz bereiten. Du bist wunderbar und verdienst jemanden, der dir ganz gehört."

In Cornwall litt Isolde unterdessen unter ihrer unglücklichen Ehe mit König Marke. Sie fühlte sich gefangen in einem Leben, das von Pflicht und Trauer über die verlorene Liebe zu Tristan geprägt war.

Als Tristan von einer schweren Krankheit heimgesucht wurde, die weder durch Medizin noch durch die Fähigkeiten der besten Heiler gelindert werden konnte, rief er in seinem fiebrigen Delirium immer wieder Isoldes Namen. In seiner Verzweiflung schickte er einen treuen Diener zu ihr mit einer Bitte: Sie möge zu ihm kommen, denn nur sie konnte ihm Heilung und Trost bringen.

Der Bote ritt schnell, während Tristan in seinem Bett lag, ein Medaillon in der Hand, das ein Bild von Isolde trug. Er wartete auf ihre Ankunft, auf ein letztes Wiedersehen, trotz der Schmerzen, die ihn plagten. Jeder Tag ohne sie war ein Kampf gegen die Dunkelheit in seinem Herzen.

In Cornwall erhielt Isolde die Nachricht. Ihr Herz zitterte bei dem Gedanken, Tristan wiederzusehen, obwohl sie wusste, dass es gefährlich sein könnte. „Ich muss zu ihm", flüsterte sie. „Es könnte unsere letzte Chance sein."

Mit gemischten Gefühlen bereitete sie sich auf die Reise vor. Die Möglichkeit, Tristan noch einmal zu sehen, erfüllte sie mit Hoffnung und Angst zugleich. Würde sie rechtzeitig ankommen, um ihm zu helfen? Würde ihre Liebe in diesen letzten Momenten das Schicksal überwinden können?

In der Zwischenzeit lag Tristan im Fieber und träumte von vergangenen Zeiten, von der Liebe, die er für Isolde empfand. Jeder Atemzug war ein Kampf, und doch hielt ihn die Hoffnung auf ihr Erscheinen am Leben.

Während Isolde sich auf den Weg machte, wusste sie, dass jede Entscheidung, die sie traf, das Schicksal beider für immer verändern würde. Es war eine Reise der Liebe, der Hoffnung und der möglichen Erlösung, ein Weg, den sie gehen musste, egal, wohin er sie führen würde.

Außergewöhnlicher - extraordinary, exceptional

Begegnete (begegnen) - met (to meet)

Delirium - delirium

Echte (echt) - real, genuine

Ehe - marriage

Erfüllte (erfüllen) - fulfilled (to fulfill)

Erscheinen (das Erscheinen) - appearance, arrival

Fähigkeiten - skills, abilities

Fieber - fever

Fiebrigen (fiebrig) - feverish

Gemischten (gemischt) - mixed

Gelindert (lindern) - alleviated, eased (to alleviate)

Heilung - healing, cure

Heimgesucht (heimsuchen) - afflicted (to afflict)

Leise - softly, quietly

Medaillon - locket, medallion

Medizin - medicine

Mitfühlendes (mitfühlend) - compassionate

Möge - may, might

Plagten (plagen) - plagued, troubled (to plague)

Ritt (reiten) - rode (to ride)

Sehnsucht - longing, yearning

Stelle - place, position

Sternenhimmel - starry sky

Tapferkeit - bravery, courage

Traurigkeit - sadness, sorrow

Treuen (treu) - loyal, faithful

Turnieren (Turnier) - tournaments (tournament)

Unerfüllt - unfulfilled

Unglücklichen (unglücklich) - unhappy

Verblüffende - astonishing, amazing

Vergangenen (vergangen) - past

Verlorene (verloren) - lost

Wiedersehen - reunion, meeting again

Zitterte (zittern) - trembled (to tremble)

Zuwandte (sich zuwenden) - turned towards (to turn towards)

5. Das tragische Ende

Isolde brach auf, um Tristan zu retten. Ihre Liebe gab ihr die Kraft, alle Hindernisse zu überwinden. Mit einer kleinen Gruppe treuer Gefährten segelte sie über die stürmische See, gegen die Zeit ankämpfend, um zu dem Mann zurückzukehren, den sie mehr als ihr eigenes Leben liebte.

Währenddessen lag Tristan im Sterben, von fiebrigen Träumen geplagt. Seine Gedanken schwebten stets um Isolde, die Frau, die er liebte, und um die bittere Ironie seines Schicksals. Jedes Mal, wenn die Tür seines Zimmers aufging, hob er hoffnungsvoll den Blick, in der Sehnsucht, sie zu erblicken.

Isolde von den weißen Händen wachte an seiner Seite, ihr Herz zerrissen zwischen Liebe und Eifersucht. Als der Ausguck das Schiff der echten Isolde am Horizont erblickte, fragte Tristan mit letzter Kraft: „Ist es sie? Kommt sie zu mir?"

Isolde von den weißen Händen, überwältigt von ihrer Eifersucht, sah ihn an und schüttelte den Kopf. „Nein, Tristan, sie kommt nicht", log sie, ihr Herz brechend bei jedem Wort.

Tristan, von tiefstem Schmerz und Enttäuschung überwältigt, gab den letzten Hauch seines Lebens auf, gerade als das Schiff der echten Isolde in den Hafen einlief. Mit schwerem Herzen und einem Gefühl der Unwirklichkeit trat sie in das Zimmer, in dem Tristan lag.

„Tristan!" rief sie, als sie seinen reglosen Körper erblickte. Sie kniete sich neben ihn, nahm seine kalte Hand in ihre und weinte bitterlich. „Ich bin hier, mein Liebster. Bitte wache auf. Bitte verlass mich nicht!"

Doch es war zu spät. Tristan war in dem Glauben gestorben, dass seine geliebte Isolde ihn im Stich gelassen hätte. Isolde spürte, wie ihr Herz in tausend Stücke zerriss, unfähig, die grausame Wirklichkeit zu begreifen.

In ihrer tiefen Trauer, überwältigt von Schmerz und Verlust, gab auch Isolde ihr Leben auf, den Kopf an Tristans Schulter gelehnt, ihre Hand noch immer in seiner. So verließen sie gemeinsam diese Welt, vereint im Tod, wie sie es im Leben nicht sein konnten.

Als König Marke von ihrem Tod und der wahren Tiefe ihrer Liebe erfuhr, war er von tiefer Reue und Trauer ergriffen. „Hätte ich nur ihre Liebe verstanden", murmelte er, „hätte ich dieses Unglück verhindern können."

In seinem Schmerz und seiner Reue beschloss er, Tristan und Isolde nebeneinander zu begraben, als ewiges Zeichen ihrer unsterblichen Liebe. Ihre Gräber wurden zu einem heiligen Ort für Liebende, ein Symbol der unerschütterlichen Liebe und Treue.

Die Legende von Tristan und Isolde überdauerte die Jahrhunderte. Ihre Geschichte wurde zu einem ewigen Beispiel für die Macht der Liebe, eine Liebe, die alle Hindernisse überwindet, selbst den Tod. In Gedichten und Liedern lebte ihre Erinnerung fort, ein leuchtendes Beispiel für wahre Hingabe und unendliche Liebe.

Ankämpfend (ankämpfen) - fighting against, struggling

Aufging (aufgehen) - opened (to open)

Ausguck - lookout

Begraben (begraben) - to bury

Brechend (brechen) - breaking

Eifersucht - jealousy

Einlief (einlaufen) - arrived (to arrive)

Erblickte (erblicken) - caught sight of, saw

Ergriffen (ergreifen) - overwhelmed, seized

Erinnnerung - memory

Ewigen (ewig) - eternal

Fiebrigen (fieberig) - feverish

Geben (aufgeben) - to give up, surrender

Gelehnt (lehnen) - leaned (to lean)

Geliebte - beloved

Grausame (grausam) - cruel

Hauch - breath, whiff

Heiligen (heilig) - holy (to sanctify)

Hindernisse - obstacles

Hingabe - devotion

Hoffnungsvoll - hopeful

Knie (knien) - knee (to kneel)

Liebster (Liebste) - dearest

Murmelte (murmeln) - murmured (to murmur)

Reglosen (reglos) - motionless

Schulter - shoulder

Spürte (spüren) - felt (to feel)

Stürmische - stormy

Trauer - sorrow, grief

Treuer (treu) - loyal, faithful

Unerschütterlichen (unerschütterlich) - unwavering, unshakeable

Unsterblichen (unsterblich) - immortal

Unwirklichkeit - unreality, surrealness

Verlassen (verlassen) - to leave, abandon

Verließen (verlassen) - left, departed (to leave)

Verstand (verstehen) - understood (to understand)

Wahre (wahr) - true, real

Weinte (weinen) - wept (to weep)

Zerrissen (zerreißen) - torn apart (to tear apart)

Zerriss (zerreißen) - tore (to tear)

Prinz Marco

1. Die Legende von Prinz Marko

In einem südslawischen Königreich, umgeben von majestätischen Bergen und durchzogen von kristallklaren Flüssen, lebte einst Prinz Marko. Er war der Sohn von König Vukašin und galt im ganzen Land als der stärkste und tapferste Mann. Sein treuer Begleiter in all seinen Abenteuern war Šarac, ein prächtiges Pferd, das für seine Schnelligkeit und Intelligenz bekannt war.

Eines Tages, als Marko mit Šarac durch die Wälder ritt, vernahm er beunruhigende Nachrichten: Eine Gruppe von muslimischen Osmanen bedrohte sein Land. Entschlossen, sein Volk zu beschützen, rüstete sich Marko für den Kampf. Er trug eine Rüstung, die im Sonnenlicht funkelte, und sein Blick war fest und unerschrocken.

Auf seinem Weg begegnete er einem alten Mann, der am Wegesrand saß. Der Mann, dessen Augen von Weisheit und Geheimnissen erfüllt waren, sprach zu Marko: „Mutiger Prinz, dein Kampfgeist ist lobenswert. Aber du wirst mehr als Stärke brauchen, um deine Feinde zu besiegen."

Der alte Mann überreichte Marko ein Schwert, das in einem geheimnisvollen Licht glänzte. „Dies ist kein gewöhnliches Schwert. Es besitzt die Kraft, Feinde mit einem einzigen Schlag zu besiegen. Nutze es weise", sagte er mit tiefer Stimme.

Marko, von Dankbarkeit erfüllt, nahm das Schwert und fühlte sofort seine immense Kraft. Mit neuer Zuversicht setzte er seinen Weg fort. Als er schließlich auf die osmanischen Truppen traf, war die Luft erfüllt von dem Klang klirrender Schwerter und dem Geschrei der Krieger.

Der Kampf war heftig, und Marko stand im Zentrum des Geschehens. Sein Schwert führte er mit einer Präzision und Geschwindigkeit, die seine Feinde in Erstaunen versetzte. Mit jedem Schlag seines magischen Schwertes fielen seine Gegner, bis schließlich die osmanische Armee geschlagen wurde.

Die Nachricht von seinem Sieg verbreitete sich wie ein Lauffeuer durch das Land. Menschen aus allen Ecken des Königreichs kamen, um den Helden zu sehen, der ihr Land gerettet hatte. Unter ihnen war eine geheimnisvolle Frau, die in einem Umhang verhüllt war. Ihre Augen funkelten wie Sterne, als sie auf Marko zuging.

„Prinz Marko", begann sie mit sanfter Stimme, „ich komme zu dir mit einer Bitte um Hilfe. Mein Land wird von einem furchtbaren Drachen bedroht, der meinen Bruder gefangen hält. Ich habe von deinem Mut und deiner Stärke gehört und hoffe, dass du uns retten kannst."

Marko, dessen Herz so mutig war wie sein Arm, antwortete ohne zu zögern: „Ich werde helfen, wo ich kann. Kein Drache und kein Feind soll unschuldige Menschen bedrohen."

So begann ein neues Kapitel in der Legende von Prinz Marko, einem Helden, dessen Name noch lange in den Erzählungen und Liedern seines Volkes weiterleben würde. Mit seinem treuen Pferd Šarac an seiner Seite und dem magischen Schwert in der Hand machte er sich auf den Weg, um der geheimnisvollen Frau zu helfen und ein neues Abenteuer zu bestreiten.

Bedrohte (bedrohen) - threatened (to threaten)

Begleiter - companion

Besiegen - to defeat

Beunruhigende (beunruhigend) - disturbing

Dankbarkeit - gratitude

Durchzogen (durchziehen) - traversed, crisscrossed (to traverse)

Erstaunen - astonishment, amazement

Erzählungen - stories, narratives

Feinde - enemies

Funkelte (funkeln) - sparkled (to sparkle)

Gefangen (gefangen halten) - captured (to capture)

Geschrei - shouting, cries

Geschehens (Geschehen) - events, happenings

Heftig - fierce, intense

Held - hero

Kampfgeist - fighting spirit

Klirrender (klirren) - clanging, clashing

Königreichs (Königreich) - kingdom

Krieger - warriors, soldiers

Mutiger (mutig) - brave, courageous

Osmanen - Ottomans

Prächtiges (prächtig) - magnificent, splendid

Präzision - precision

Rüstung - armor

Schlagen (schlagen) - to defeat, to beat

Südslawischen - South Slavic

Tapferste (tapfer) - bravest

Umhang - cloak

Unerschrocken - undaunted, fearless

Unschuldige (unschuldig) - innocent (people)

Verbündete (verbündet) - allied

Verhüllt (verhüllen) - veiled, covered

Vernahm (vernehmen) - heard, perceived

Weisheit - wisdom

Zuging (zugehen) - approached (to approach)

2. Die geheimnisvolle Frau

Als Marko und die geheimnisvolle Frau, die sich als Mila vorstellte, zusammen mit Šarac durch die dichten Wälder und über weite Felder ritten, begann Mila ihre Geschichte zu erzählen. „Mein Vater ist der Herrscher eines kleinen, aber stolzen Reiches. Vor einigen Monaten erschien ein furchtbarer Drache. Er hat meinen Bruder gefangen genommen und bedroht unser Land", erklärte sie mit trauriger Stimme.

Marko, dessen Herz immer für die Gerechtigkeit schlug, antwortete entschlossen: „Fürchtet Euch nicht, Mila. Ich werde Euch helfen, Euren Bruder zu befreien und diesen Drachen zu besiegen."

Auf ihrem Weg trafen sie auf einige von Markos alten Freunden – tapfere Krieger, die er aus früheren Schlachten kannte. „Marko, unser Bruder im Kampf, was führt dich in unsere Gegend?", fragten sie.

„Ich bin auf einer Mission, um einen Drachen zu besiegen, der das Land von Mila bedroht. Jede Hilfe ist willkommen", erwiderte Marko.

Ohne zu zögern schlossen sich die Krieger ihm an, bereit, ihrem Freund und einem gerechten Kampf beizustehen. Gemeinsam erreichten sie schließlich das Land, das unter der Schreckensherrschaft des Drachens litt. Die Zerstörung war überall sichtbar: verbrannte Felder, zerstörte Häuser und ängstliche Menschen.

„Wir müssen einen Plan machen", sagte Marko entschieden. Sie erfuhren von den Dorfbewohnern, wo sich die Höhle des Drachens befand, und planten einen nächtlichen Angriff, um den Überraschungseffekt zu nutzen.

Als die Nacht hereinbrach, schlichen sich Marko und seine Gefährten leise zur Höhle des Drachens. Der Kampf, der folgte, war episch. Der Drache spie Feuer und kämpfte mit unglaublicher Wut, aber Marko, unterstützt von seinen Freunden und mit dem magischen Schwert in der Hand, war ihm gewachsen.

Nach einem langen und erbitterten Kampf gelang es Marko schließlich, den Drachen zu besiegen. Er durchtrennte das Haupt des Ungeheuers mit einem kraftvollen Schlag seines magischen Schwertes.

In der Höhle fanden sie Milas Bruder und andere Gefangene. Sie waren erschöpft, aber unversehrt. Mit Erleichterung und Dankbarkeit in ihren Augen wurden sie von ihren Ketten befreit.

Mila, die den Kampf mit angehaltenem Atem beobachtet hatte, eilte auf Marko zu. „Du hast mein Land gerettet und meinen Bruder befreit. Wie kann ich dir jemals danken?", fragte sie mit Tränen der Freude in den Augen.

Marko lächelte und erwiderte: „Euer Lächeln und das Wissen, dass Euer Land sicher ist, ist Dank genug."

Während sie gemeinsam zurückreisten, erreichten sie ein kleines Dorf, wo sie von den Dorfbewohnern herzlich empfangen wurden. Dort hörten sie Gerüchte über einen geheimen Schatz, der in den nahen Bergen verborgen sein sollte.

„Ein Schatz in den Bergen?", fragte einer von Markos Freunden neugierig.

„Ja", antwortete ein alter Mann. „Es heißt, der Schatz wurde von einem alten König versteckt und niemand hat ihn je gefunden. Viele haben gesucht, aber die Berge sind tückisch und voller Gefahren."

Mila sah Marko an, ihre Augen funkelten vor Abenteuerlust. „Vielleicht ist das unser nächstes Abenteuer?", schlug sie vor.

Marko nickte. „Ein Schatz, der seit Generationen verborgen ist. Das klingt nach einer Herausforderung, die unserer würdig ist."

Mit neuen Plänen und dem Versprechen eines weiteren Abenteuers endete ihre Reise nicht hier. Die Legende von Prinz Marko, dem Helden, der Drachen besiegte und Schätze suchte, war noch lange nicht zu Ende.

Angehaltenem (anhalten) - held (to hold, stop)

Ängstliche (ängstlich) - fearful, scared

Bereit - ready, prepared

Befreien - to free, liberate

Dorfbewohnern (Dorfbewohner) - villagers

Durchtrennte (durchtrennen) - severed, cut through

Eilte (eilen) - hurried, rushed

Empfangen (empfangen) - received (to receive)

Erbitterten (erbittert) - fierce, bitter

Erleichterung - relief

Erschöpft - exhausted

Erwiderte (erwidern) - replied (to reply)

Gefährten - companions, fellows

Gefangene - prisoners

Gelang (gelingen) - succeeded (to succeed)

Gerechtigkeit - justice

Gerüchte - rumors

Gewachsen (gewachsen sein) - was a match for (to be a match for)

Haupt - head

Höhle - cave

Kampf - fight, battle

Ketten - chains

Kraftvollen (kraftvoll) - powerful

Neugierig - curious

Nächtlichen (nächtlich) - nocturnal, nightly

Planen (planen) - to plan

Schreckensherrschaft - reign of terror

Seit Generationen - for generations

Sichtbar - visible

Stolzen (stolz) - proud

Tapfere (tapfer) - brave

Tränen - tears

Tückisch - treacherous

Unversehrt - unharmed

Verborgen (verbergen) - hidden (to hide)

Versprechen - promise

Versteckt (verstecken) - hidden (to hide)

Weite - wide, vast

Zerstörte (zerstören) - destroyed (to destroy)

Zerstörung - destruction

Zögern (zögern) - hesitate (to hesitate)

Zu Ende - to an end

3. Die Suche nach dem Schatz

Nachdem Marko und seine Gefährten von dem geheimen Schatz erfahren hatten, loderte in ihnen das Feuer der Neugier und des Abenteuers. Mila, die Tochter des benachbarten Herrschers, schloss sich ihnen an, fest entschlossen, an ihrer Seite zu stehen. Zusammen ritten sie durch unbekannte Länder, überquerten reißende Flüsse und kletterten über steile Berge.

Eines Tages, als sie durch einen dichten Wald ritten, trafen sie auf einen alten Mann, der am Wegesrand saß. „Guten Tag, Reisende", grüßte er mit einer krächzenden Stimme. „Wohin führt euch eure Reise?"

„Wir suchen einen alten Schatz, der in den Bergen verborgen sein soll", antwortete Marko.

Der alte Mann nickte weise. „Ah, den Schatz des alten Königs. Ihr findet ihn in einer tiefen Höhle im Herzen des Gebirges. Aber seid gewarnt, er wird von Geistern bewacht.“

Die Gruppe dankte dem alten Mann und setzte ihre Reise fort. Die Warnungen hielten sie nicht auf; stattdessen stärkten sie ihre Entschlossenheit.

Nach mehreren Tagen des mühsamen Marsches erreichten sie schließlich die Höhle, von der der alte Mann gesprochen hatte. Die Höhle war dunkel und unheimlich, und sie konnten das Gefühl nicht abschütteln, dass sie beobachtet wurden.

Kaum hatten sie die Höhle betreten, da erschienen auch schon die Geister. Sie schwebten um sie herum und ihre Augen glühten im Dunkeln. „Um den Schatz zu erreichen, müsst ihr unsere Rätsel lösen“, sprachen sie mit einer Stimme, die wie der Wind klang.

Marko trat vor und sagte mutig: „Wir sind bereit, eure Herausforderung anzunehmen.“

Die Geister stellten ihnen eine Reihe von Rätseln, die von der Geschichte des Landes, der Natur der Berge und den Geheimnissen des Universums handelten. Marko, mit seiner Weisheit und seinem scharfen Verstand, fand die Antworten auf jedes Rätsel.

Mit jedem gelösten Rätsel wich ein Geist zurück, bis schließlich der Weg zum Schatz frei war. Im Innersten der Höhle fanden sie einen großen Raum, gefüllt mit Gold, Edelsteinen und alten Artefakten von unschätzbarem Wert.

Doch als sie versuchten, den Schatz zu nehmen, umgab sie ein leuchtender Zauber. „Vorsicht!“, rief Mila. „Das ist ein Schutzzauber.“

„Wir müssen den Zauber brechen“, sagte einer von Markos Freunden.

Mit Mut und Geschick fanden sie schließlich einen Weg, den Zauber zu überwinden und nahmen den Schatz an sich.

Als sie jedoch auf dem Heimweg waren, wurden sie von einem rivalisierenden Fürsten und seinen Männern angegriffen. „Dieser

Schatz gehört mir!", rief der Fürst. „Ihr habt keinen Anspruch darauf!"

Marko und seine Freunde, müde aber entschlossen, bereiteten sich auf den Kampf vor. „Dieser Schatz gehört dem Volk", erwiderte Marko. „Wir werden ihn nicht ohne Kampf übergeben."

Ein heftiger Kampf entbrannte. Marko und seine Freunde kämpften tapfer, unterstützt durch ihre Geschicklichkeit und die Stärke ihrer Überzeugungen. Trotz ihrer Erschöpfung gelang es ihnen, den Fürsten und seine Männer zu besiegen.

„Dieser Schatz wird denen gegeben, die ihn am meisten brauchen", erklärte Marko, als sie endlich in ihrem eigenen Land ankamen. Sie verteilten den Schatz unter den Armen und Bedürftigen, stärkten ihr eigenes Reich und halfen benachbarten Ländern.

Die Legende von Prinz Marko, dem Held, der Drachen besiegte, Schätze fand und sie gerecht verteilte, wuchs weiter. Seine Abenteuer wurden in Liedern gesungen und seine Taten in Geschichten erzählt, die von Generation zu Generation weitergegeben wurden.

Annehmen - to accept, take on

Anschließen (sich anschließen) - to join, connect

Armen (arm) - poor (people)

Artefakten (Artefakt) - artifacts

Aufgeben (übergeben) - to give up, surrender

Bedürftigen (bedürftig) - needy, destitute

Befreit (befreien) - freed, released

Beobachtet (beobachten) - observed, watched

Besiegte (besiegen) - defeated (to defeat)

Bestritten (bestreiten) - fought, contested

Betretend (betreten) - entering

Edelsteinen (Edelstein) - gemstones

Eingehüllt (einwickeln) - wrapped, enveloped

Erschienen (erscheinen) - appeared

Fortsetzen (fortsetzen) - to continue, proceed

Furchtlos - fearless, brave

Gefährten - companions, fellows

Gefüllt (füllen) - filled

Geheimnisse (Geheimnis) - secrets

Gelösten (lösen) - solved

Gerecht - just, fair

Gerungen (ringen) - struggled, wrestled

Geschichtlich - historical

Glänzenden (glänzend) - shining, gleaming

Glühend (glühen) - glowing, shining

Großzügigkeit - generosity

Heldenhaft - heroic

Herausforderung - challenge

Innersten (innerste) - innermost

Klärung (klären) - clarification, explanation

Krächzenden (krächzen) - croaking, raspy

Leuchtender (leuchten) - glowing, shining

Reißenden (reißen) - tearing, raging

Rätsel - riddles, puzzles

Schutzzauber - protective spell

Schwierigkeiten - difficulties, troubles

Streitkräfte - armed forces

Teilten (teilen) - shared, divided

Übergeben - to hand over, surrender

Überlegenheit - superiority

Überwinden - to overcome

Umgab (umgeben) - surrounded

Unbekannte (unbekannt) - unknown

Unheimlich - eerie, spooky

Unterstützt (unterstützen) - supported

Verteilen (verteilen) - to distribute, spread

Verteidigte (verteidigen) - defended

Warnungen - warnings

Wegesrand - wayside, roadside

Weisheit - wisdom

Zurückgewichen (zurückweichen) - retreated, withdrew

Zweifellos - undoubtedly, certainly

4. Der Kampf um den Schatz

Im Herzen der südslawischen Berge entbrannte ein Kampf, der in die Annalen der Geschichte eingehen sollte. Prinz Marko, bekannt für seine unglaubliche Stärke und Gerechtigkeit, stand nun dem Fürsten und seiner Armee gegenüber, entschlossen, den kostbaren Schatz, den sie gerade gefunden hatten, zu verteidigen.

„Marko, gib den Schatz her!", brüllte der Fürst, seine Augen blitzten vor Gier. „Er gehört mir!"

„Dieser Schatz wird den Armen und Bedürftigen gegeben, nicht gierigen Fürsten wie dir", erwiderte Marko standhaft.

Ein heftiges Getöse erfüllte die Luft, als die beiden Gruppen aufeinanderprallten. Schwerter klirrten, und die Luft war erfüllt vom Klang des Kampfes. Marko, bewaffnet mit seinem treuen Schwert und unterstützt von seinen unerschütterlichen Freunden, kämpfte tapfer. Seine Stärke und sein Mut waren unübertroffen, und einer nach dem anderen wurden die Soldaten des Fürsten zurückgedrängt.

Inmitten des Chaos trat der Fürst hervor und rief: „Marko! Stelle dich mir in einem Einzelkampf! Der Sieger nimmt den Schatz!"

Marko, der niemals eine Herausforderung ablehnte, stimmte zu. Die beiden Männer traten in den Kreis, umgeben von den Kämpfern, die innehielten, um Zeugen dieses epischen Duells zu werden.

Der Kampf war dramatisch und intensiv. Der Fürst war ein geschickter Kämpfer, aber Marko war besser. Mit jedem Schlag, jeder Parade demonstrierte Marko seine übermenschliche Stärke und sein Können. Schließlich, mit einem entscheidenden Stoß, entwaffnete Marko den Fürsten.

Atmend stand Marko über dem besiegten Fürsten und sagte: „Dein Leben gehört dir. Aber lass dies eine Lektion sein, dass Stärke nicht im Besitz liegt, sondern in der Gerechtigkeit."

Marko kehrte zu seinen Leuten zurück, die ihn mit Jubel und Bewunderung empfingen. Er entschied sich, den Schatz wie versprochen unter den Armen zu verteilen. Dieser Akt der Großzügigkeit und Selbstlosigkeit machte ihn in den Augen seines Volkes noch beliebter.

Mila, die tapfere Tochter des benachbarten Herrschers, die an Markos Seite gekämpft hatte, trat zu ihm. „Marko, deine Taten haben mich tief beeindruckt", gestand sie, ihr Blick voller Bewunderung und Zuneigung. „Du hast mein Herz gewonnen."

Marko sah sie mit einem warmen Lächeln an. „Und du hast das meine gewonnen, Mila. Zusammen werden wir unserem Volk dienen und es zu Frieden und Wohlstand führen."

Als sie gerade anfingen, Pläne für eine friedliche Zukunft zu schmieden, erreichte sie die Nachricht von einer neuen Bedrohung, die am Horizont lauerte. Doch diesmal waren sie bereit, gemeinsam jeder Herausforderung zu begegnen, gestärkt durch ihre Liebe und die Unterstützung ihres Volkes. Die Legende von

Prinz Marko, dem Helden, der nicht nur Schlachten gewann, sondern auch Herzen eroberte, wuchs weiter.

Annalen - annals, historical records

Aufeinanderprallten (aufeinanderprallen) - clashed

Beeindruckt (beeindrucken) - impressed

Beliebter (beliebt) - more popular

Bewaffnet (bewaffnen) - armed

Bewunderung - admiration

Blitzten (blitzen) - flashed

Brüllte (brüllen) - yelled, roared

Duells (Duell) - duel

Eindruck - impression

Empfingen (empfangen) - received, welcomed

Entscheidend - decisive

Entwaffnete (entwaffnen) - disarmed

Epischen (episch) - epic

Erwiderte (erwidern) - replied, retorted

Gegenüber - opposite, facing

Gekämpft (kämpfen) - fought

Geschickter (geschickt) - more skilled

Gestand (gestehen) - confessed

Großzügigkeit - generosity

Herzens (Herz) - heart (genitive)

Imponieren - to impress

Innehielten (innehalten) - paused

Intensiv - intense

Jubel - cheers, jubilation

Kämpfer - fighters

Kämpfern - fighters (plural, dative)

Kehrte (kehren) - returned

Klirrten (klirren) - clanged

Kreis - circle

Lauerte (lauern) - lurked

Parade - parry, defense move

Pläne - plans

Rief (rufen) - called, cried out

Schlachten - battles

Schmieden (schmieden) - to forge, devise

Schwäche - weakness

Selbstlosigkeit - selflessness

Stelle - place

Stoß - thrust, push

Tapfere - brave

Treuen (treu) - loyal

Überlegenheit - superiority

Unerschütterlich - unshakable, unwavering

Unglaubliche (unglaublich) - incredible

Verteidigen - to defend

Wohlstand - prosperity

Zuneigung - affection

Zuversichtlich - confident

5. Die finale Herausforderung

Im südslawischen Reich, wo Prinz Marko lebte, erreichte seine Berühmtheit ferne Länder. Einer davon war das Reich eines mächtigen Sultans, der von Markos heldenhaften Taten gehört hatte. Besorgt über die wachsende Macht des Prinzen, beschloss der Sultan, eine riesige Armee zu senden, um Marko ein für alle Mal zu besiegen.

Die Nachricht von der anrückenden Armee erreichte Marko schnell. Er stand auf dem Balkon seines Schlosses, betrachtete die untergehende Sonne und dachte nach. Mila trat zu ihm, legte eine Hand auf seine Schulter und fragte, „Was denkst du, Marko?"

„Eine große Herausforderung steht uns bevor", antwortete Marko ruhig. „Aber wir werden kämpfen, wie wir es immer getan haben – mit Mut und Ehre."

Marko rief seine treuesten Freunde und das Volk zu den Waffen. Bauern, Handwerker und Adlige kamen zusammen, vereint in der Entschlossenheit, ihr Land zu verteidigen. Die Luft war erfüllt von der Spannung des bevorstehenden Kampfes.

Als die Armee des Sultans am Horizont erschien, standen Marko und seine Verbündeten bereit. Marko, hoch zu Ross und mit seinem magischen Schwert in der Hand, blickte entschlossen in die Reihen der Feinde.

Die Schlacht begann mit einem gewaltigen Aufeinandertreffen. Schwerter und Speere blitzten im Sonnenlicht, während die Kämpfer auf beiden Seiten mit aller Kraft kämpften. Marko stand an vorderster Front, sein Schwert wirbelte durch die Luft und mähte die Feinde nieder.

„Marko, wir müssen zusammenhalten!", rief Mila, während sie an seiner Seite kämpfte.

„Zusammen sind wir unbesiegbar!", erwiderte Marko.

Die Schlacht wogte hin und her, aber dank der Tapferkeit von Marko, Mila und ihren Freunden hielt das südslawische Heer der Übermacht stand. In einem entscheidenden Moment sah Marko seine Chance und stürmte durch die Reihen der Feinde, direkt auf den Anführer der Armee zu. Mit einem mächtigen Schlag seines Schwertes besiegte er den Anführer.

Dieser Moment brach den Willen der feindlichen Truppen. Verwirrt und demoralisiert begannen sie zu fliehen. Marko stand auf dem Schlachtfeld, atmete tief durch und sah zu, wie der Feind in die Ferne zog.

Der Sultan, der von der Niederlage seiner Armee erfuhr, erkannte Markos wahre Stärke. In einer Geste des Respekts und der Anerkennung seiner Niederlage bot er Marko Frieden an. Marko akzeptierte, unter der Bedingung, dass sein Volk nie wieder bedroht werden würde.

Nach dieser gewaltigen Schlacht kehrte Marko als Held zu seinem Volk zurück. Er wurde gefeiert und lebte fortan in Frieden und Wohlstand. Seine Heldentaten, seine Großzügigkeit und sein unerschütterlicher Mut wurden über Generationen weitererzählt.

„Deine Taten werden niemals vergessen werden, Marko", sagte Mila zu ihm, als sie eines Abends zusammen im Schloss saßen.

„Solange die Geschichten erzählt werden, lebt die Legende weiter", antwortete Marko mit einem Lächeln. „Aber das Wichtigste ist, dass wir jetzt in Frieden leben können."

Die Legende von Prinz Marko, dem südslawischen Helden, der gegen überwältigende Mächte kämpfte und stets siegte, wurde ein Symbol der Stärke, des Mutes und der Hoffnung. Seine Geschichten wurden von Generation zu Generation weitergegeben, ein leuchtendes Beispiel dafür, was ein wahrer Held bewirken kann.

Anerkennung - recognition, acknowledgment

Aufeinandertreffen - clash, encounter

Aufstand (stehen) - stood up

Bauern - peasants, farmers

Bedingung - condition, term

Bedroht (bedrohen) - threatened

Berühmtheit - fame, celebrity

Besorgt - worried, concerned

Bewirken - to effect, achieve

Demoralisiert - demoralized

Eines Abends - one evening

Entschlossenheit - determination, resolve

Erfuhr (erfahren) - found out, learned

Erzählt (erzählen) - told, narrated

Ferne - distant, far

Fliehen - to flee, escape

Fortan - from now on, henceforth

Gewaltig - massive, powerful

Gewaltigen - tremendous

Geste - gesture

Handwerker - craftsmen, artisans

Heer - army

Heldentaten - heroic deeds, feats

Hin und her - back and forth

Hoch zu Ross - on horseback

Kämpfte (kämpfen) - fought

Leuchtendes Beispiel - shining example

Mächte - powers, forces

Mächtigen (mächtig) - mighty, powerful

Mähte (mähen) - mowed down

Magischen (magisch) - magical

Niederlage - defeat, loss

Riesige - huge, gigantic

Schlacht - battle

Schloss - castle, palace

Speere - spears

Stürmte (stürmen) - charged, stormed

Südslawischen - South Slavic

Tapferkeit - bravery, valor

Über Generationen - over generations

Übermacht - superiority, overwhelming force

Überwältigende (überwältigend) - overwhelming

Unbesiegbar - invincible, unbeatable

Unerschütterlicher (unerschütterlich) - unshakable, steadfast

Vereint - united

Verbündeten - allies

Vergessen (vergessen) - forgotten

Verwirrt - confused, bewildered

Volk - people, nation

Wichtigste (wichtig) - most important

Wirbelte (wirbeln) - whirled, spun

Wohlstand - prosperity, wealth

Zusammenhalten - to stick together, hold together

Zuversichtlich - confident

Robin Hood

1. Robin Hoods Ursprung

In dem kleinen Dorf Locksley, umgeben von den tiefen Wäldern Englands, wuchs ein junger Mann namens Robin auf. Bekannt für seine außergewöhnlichen Fähigkeiten im Bogenschießen, wurde er von den Dorfbewohnern oft bewundert und geschätzt. Sein Vater, Sir Locksley, ein wohlhabender Adliger, hatte ihm alles beigebracht, was er wusste. Doch trotz seines luxuriösen Erbes zog Robin ein einfaches Leben vor.

Eines Tages veränderte sich Robins Leben schlagartig, als sein Vater unter mysteriösen Umständen ums Leben kam. Das Dorf war erfüllt von Gerüchten und Spekulationen. Robin wurde des Mordes beschuldigt, ohne jegliche Beweise oder faire Verhandlung. Verzweifelt und ohne einen Ausweg, entschied er sich, in den Sherwood-Wald zu fliehen.

Tief im Wald traf Robin auf eine Gruppe von Gesetzlosen, die um ein Lagerfeuer versammelt waren. Sie waren grob, aber herzlich und teilten ihre spärlichen Mahlzeiten mit ihm. Beeindruckt von Robins Geschick mit dem Bogen, boten sie ihm an, sich ihnen anzuschließen.

„Wer seid ihr?", fragte Robin vorsichtig.

„Wir sind die Vergessenen, die von den Reichen verstoßenen", antwortete einer von ihnen. „Aber zusammen sind wir stark."

Robin fühlte sich von ihrem Kampf gegen Ungerechtigkeit angezogen. Er erkannte, dass er seine Fähigkeiten nutzen konnte, um den Armen zu helfen. Er entschloss sich, ihr Anführer zu werden und nahm den Namen „Robin Hood" an.

„Wir werden von den Reichen stehlen und es den Armen geben", verkündete er. „Gerechtigkeit für alle, die unter der Tyrannei der Mächtigen leiden."

Die Nachricht von ihren Taten verbreitete sich schnell unter den Dorfbewohnern. Robin Hood wurde zu einer Legende, einem Helden des einfachen Volkes. Seine Taten sorgten jedoch dafür, dass der Sheriff von Nottingham auf ihn aufmerksam wurde.

„Dieser Robin Hood ist eine Bedrohung“, brummte der Sheriff. „Ich werde ihn fangen und zur Strecke bringen.“

Doch Robin und seine Gefährten waren schlau und immer einen Schritt voraus. Sie nutzten ihre Kenntnisse des Waldes, um sich zu verstecken und ihre Angriffe sorgfältig zu planen.

Eines Tages, als Robin und seine Männer wieder einmal einen reichen Kaufmann überfielen, sprach einer seiner Männer: „Robin, denkst du nicht, dass wir genug getan haben? Der Sheriff wird nicht aufhören, bis er uns alle gefangen hat.“

Robin sah ihn fest an. „Wir dürfen nicht aufgeben“, antwortete er. „Solange Ungerechtigkeit in diesem Land herrscht, werden wir weiterkämpfen. Für die Freiheit, für die Armen, für die Gerechtigkeit.“

Die Männer nickten, erfüllt von neuem Mut und Entschlossenheit. Sie wussten, dass der Weg gefährlich war, aber unter Robins Führung waren sie bereit, jedes Risiko einzugehen.

Währenddessen im Schloss von Nottingham schwor der Sheriff, Robin Hood zur Strecke zu bringen. „Er mag die Herzen des Volkes gewonnen haben, aber ich werde ihn finden und seine Rebellion ein für alle Mal beenden“, sagte er entschlossen zu seinen Männern.

So begann die legendäre Geschichte von Robin Hood, dem Helden des Volkes, der gegen die Ungerechtigkeit kämpfte und zu einer Ikone des Widerstands wurde. Sein Kampf gegen den Sheriff von Nottingham sollte noch viele Herausforderungen mit sich bringen, aber Robin war bereit, für das zu kämpfen, was er für richtig hielt.

Anschließen (sich) - to join

Aufgeben - to give up, surrender

Ausweg - way out, escape

Beeindruckt (von) - impressed (by)

Beibringen - to teach

Bewundert - admired

Bogenschießen - archery

Bringen (zur Strecke) - to bring down, to catch

Dorfbewohner - villagers

Einfaches Leben - simple life

Eines Tages - one day

Entschlossenheit - determination

Entschloss (sich) - decided

Erfüllt - filled, fulfilled

Fangen - to catch, capture

Freiheit - freedom

Gefährten - companions, fellows

Genug - enough

Gerechtigkeit - justice

Geschick - skill, dexterity

Gesetzlosen - outlaws

Grober (grobschlächtig) - rough, coarse

Herzlich - cordial, warm-hearted

Ikone - icon

Kaufmann - merchant, businessman

Kenntnisse - knowledge, skills

Lagerfeuer - campfire

Mächtigen (mächtig) - powerful

Nottingham - Nottingham

Reich - rich, wealthy

Schlagartig - suddenly, abruptly

Schwören - to swear, vow

Sherwood-Wald - Sherwood Forest

Spekulationen - speculations

Stehlen - to steal

Strecke - track, path

Taten - deeds, actions

Tyrannei - tyranny

Überfallen - to ambush, attack

Überfielen - ambushed, attacked

Ums Leben kommen - to lose one's life, to die

Ungerechtigkeit - injustice, unfairness

Vergeben - to forgive

Verstoßene - outcasts

Verzweifelt - desperate

Widerstand - resistance

Wohlhabender Adliger - wealthy nobleman

2. Maid Marian

In den tiefen Wäldern von Sherwood machte das Gerücht die Runde, dass eine mutige junge Frau namens Marian sich den Armen gegen die Ungerechtigkeit des Adels verschrieben hatte. Robin Hood, dessen Herz für die Sache der Gerechtigkeit schlug, war sofort fasziniert von der Vorstellung, eine Gleichgesinnte zu treffen.

Eines Tages, während Robin und seine Männer einen Plan schmiedeten, um einige Adlige zu überfallen, die durch den Wald reisen sollten, kam es zu einer unerwarteten Begegnung. Während des Überfalls bemerkten sie, wie eine junge Frau von den Adligen belästigt wurde. Ohne zu zögern, griffen Robin und seine Männer ein und retteten sie.

„Ich danke euch für eure Hilfe", sagte die Frau mit einer Mischung aus Erleichterung und Stärke in ihrer Stimme. „Ich bin Marian."

Es entstand sofort eine spürbare Anziehung zwischen Robin und Marian. Sie tauschten Blicke aus, die mehr sagten als Worte es könnten.

„Ich habe von dir gehört, Marian", sagte Robin. „Du kämpfst für die Armen und Unterdrückten. Das bewundere ich."

„Und ich kenne deine Taten, Robin Hood", erwiderte Marian. „Du bist mutig und edel."

Während sie sprachen, enthüllte Marian, dass sie die Nichte des Sheriffs von Nottingham war, was Robin zunächst in Verwunderung stürzte. Doch Marian versicherte ihm, dass sie nicht die Ansichten ihres Onkels teilte und selbst gegen seine Ungerechtigkeit kämpfte.

Beeindruckt von ihrer Entschlossenheit und ihrem Mut, lud Robin sie ein, sich ihnen anzuschließen. Marian zögerte zunächst, entschied sich aber schließlich dafür, Teil der Bande zu werden. Sie brachte wertvolle Informationen über die Pläne des Sheriffs, die Robin und seinen Männern halfen, ihre Aktionen effektiver zu gestalten.

„Mit deinem Wissen können wir noch mehr erreichen", sagte Robin anerkennend.

Gemeinsam planten sie einen großen Coup gegen einen reichen Baron, der für seine Grausamkeit gegenüber den Armen bekannt war. Der Raubzug war riskant, aber durch sorgfältige Planung und Teamarbeit gelang es ihnen, eine große Menge Gold zu erbeuten. Das Gold wurde unter den Armen verteilt, was das Ansehen von Robin und seiner Bande noch weiter stärkte.

Während ihrer Zeit zusammen wuchs die Liebe zwischen Robin und Marian. Sie verbrachten lange Abende damit, über ihre Hoffnungen und Träume zu sprechen, und fanden Trost und Verständnis im anderen.

„Ich habe noch nie jemanden getroffen, der so ist wie du“, gestand Robin eines Abends.

„Und ich auch nicht“, erwiderte Marian lächelnd. „Du hast mein Leben verändert, Robin.“

Doch ihre wachsende Liebe blieb nicht unbemerkt. Als der Sheriff von Nottingham von Marians Verrat erfuhr, war er außer sich vor Wut.

„Diese Verräterin!“, rief er wütend aus. „Sie wird dafür bezahlen, und dieser Robin Hood erst recht! Ich werde sie beide fangen, wenn es das Letzte ist, was ich tue!“

Er intensivierte seine Bemühungen, Robin Hood und seine Bande zu fangen, was die Situation im Wald noch gefährlicher machte. Doch trotz der wachsenden Gefahr blieben Robin, Marian und ihre Gefährten standhaft in ihrem Kampf für Gerechtigkeit und Freiheit.

Anziehung - attraction

Anzuschließen (sich) - to join

Anzuzweifeln - to doubt

Anerkennend - appreciatively, approvingly

Außer sich - beside oneself

Band - gang, band

Bande - gang, band

Baron - baron

Belästigt - harassed, bothered

Bemerkten - noticed

Bezahlen - to pay

Blick - glance, look

Coup - coup, big hit

Effektiver - more effective

Einfachen (einfach) - simple, plain

Eines Tages - one day

Entschied (sich) - decided

Entschlossenheit - determination

Entstand - arose, emerged

Enthüllte - revealed, disclosed

Erbeuten - to loot, to capture

Erfuhr - found out, learned

Erleichterung - relief

Erwiderte - replied, responded

Fasziniert - fascinated

Gedanken - thoughts, ideas

Gefährlich - dangerous

Gegenüber - opposite, towards

Gemeinsam - together, jointly

Gestand (gestehen) - confessed, admitted

Gleichgesinnte - like-minded person

Grausamkeit - cruelty

Hoffnungen - hopes

Intensivierte - intensified

Kenntnisse - knowledge, skills

Lächelnd - smiling

Mut - courage, bravery

Nichte - niece

Raumzug - raid, heist

Runde (die Runde machen) - to go around, make the rounds

Sache - cause, matter

Schmiedeten - forged, devised

Spürbare - noticeable, tangible

Standhaft - steadfast, resolute

Stärke - strength

Teamarbeit - teamwork

Träume - dreams

Überfiel - ambushed, raided

Überfallen - to ambush, attack

Unterdrückten - oppressed, downtrodden

Verändern - to change

Verliebt - in love

Verschrieben (sich) - dedicated oneself

Verräterin - traitor, betrayer

Verwunderung - astonishment, surprise

Vorstellung - idea, concept

Wütend - angry

Zögern - to hesitate

Zunächst - initially, at first

3. Der große Bogenschießwettbewerb

In den Schenken und Gassen von Nottingham sprach man von nichts anderem: Der Sheriff hatte einen großen Bogenschießwettbewerb ausgerufen, und das Gerücht ging, es sei ein Trick, um Robin Hood zu fangen.

In ihrem Versteck im Sherwood-Wald diskutierten Robin und seine Männer diesen Plan.

„Das ist eine Falle, Robin", warnte Little John. „Der Sheriff will dich fangen."

Robin nickte nachdenklich. „Ja, das weiß ich. Aber denkt an die Gelegenheit, die das für uns ist. Wir könnten seine Pläne durchkreuzen und gleichzeitig zeigen, dass wir uns nicht einschüchtern lassen."

Marian, die bei der Besprechung dabei war, sah besorgt aus. „Aber es ist gefährlich. Was, wenn du gefangen wirst?"

„Ich muss dieses Risiko eingehen", erwiderte Robin entschlossen. „Es geht um mehr als nur mein Leben. Es geht um unsere Sache."

Am Tag des Wettbewerbs verkleidete sich Robin geschickt und betrat das Turniergelände, wo schon eine große Menschenmenge versammelt war. Marian, ebenfalls verkleidet, war an seiner Seite, um ihm moralische Unterstützung zu bieten.

Als der Wettbewerb begann, zeigte Robin seine beeindruckenden Bogenschießfähigkeiten. Mit jedem Treffer, der näher am Zentrum der Zielscheibe lag, gewann er mehr Bewunderung von der Menge.

„Wer ist dieser mysteriöse Schütze?", flüsterten die Leute.

Schließlich erreichte Robin das Finale, wo er dem besten Schützen des Sheriffs gegenüberstand. Das Finale war ein Nervenspiel, jeder Schuss zählte. Mit ruhiger Hand und scharfem Auge gelang es Robin, den entscheidenden Treffer zu landen und den Wettbewerb zu gewinnen.

Die Menge jubelte, als Robin als Sieger enthüllt wurde, aber in diesem Moment erkannte er die Falle des Sheriffs. Wachen umzingelten ihn rasch.

„Ich habe dich endlich, Robin Hood!", rief der Sheriff triumphierend.

In diesem kritischen Moment zeigte sich Marians Mut. Sie gab ein verabredetes Zeichen, und plötzlich brach Chaos aus, als Robins Männer aus ihrem Versteck kamen, um ihren Anführer zu retten.

„Schnell, Robin! Hierher!", rief Marian, während sie einen Pfeil nach dem anderen abschoss, um die Wachen auf Abstand zu halten.

Mit atemberaubender Geschicklichkeit und der Hilfe seiner Freunde gelang es Robin, aus der Falle zu entkommen. Sie verschwanden im Gewirr der Gassen Nottinghams, gefolgt von den Rufen der Menge, die ihre Bewunderung für den mutigen Bogenschützen ausdrückte.

„Das war zu knapp", keuchte Robin, als sie endlich in Sicherheit waren.

„Aber du hast gewonnen", sagte Marian mit einem stolzen Lächeln. „Und du hast dem Sheriff gezeigt, dass er dich nicht so einfach fangen kann."

Die Nachricht von Robins Sieg im Bogenschießwettbewerb und seiner spektakulären Flucht verbreitete sich wie ein Lauffeuer. Seine Legende wuchs, und mit ihr die Unterstützung der Menschen für ihn und seine Sache. Der Sheriff von Nottingham hingegen musste eine weitere Niederlage hinnehmen, die seinen Zorn und seine Entschlossenheit, Robin Hood zu fangen, nur noch mehr anstachelte.

Abschoss - shot, fired (past tense of „abschießen")

Atemberaubender - breathtaking

Ausgerufen - announced, proclaimed

Besprechung - meeting, discussion

Bewunderung - admiration

Bogenschießfähigkeiten - archery skills

Bogenschießwettbewerb - archery competition

Eingehen (Risiko) - to take on (risk)

Entkommen - to escape

Entschlossen - determined

Flüsterten - whispered

Gassen - alleys, lanes

Gelände - grounds, terrain

Geschicklichkeit - skill, dexterity

Gewirr - tangle, maze

Hinnehmen - to accept, to put up with

Kritischen (kritisch) - critical, crucial

Lauffeuer - wildfire (figuratively, rapidly spreading news)

Menge - crowd, amount

Moralische Unterstützung - moral support

Mysteriöse - mysterious

Nachdenklich - thoughtful, reflective

Nervenspiel - nerve-racking game, battle of nerves

Niederlage - defeat

Nottinghams - of Nottingham

Plötzlich - suddenly

Rasch - quickly, swiftly

Schenken - taverns, inns

Schießstand - shooting range

Schütze - shooter, marksman

Schützen - to protect, to shield

Sieger - winner, champion

Spektakulären - spectacular

Stolzen (stolz) - proud

Turniergelände - tournament grounds

Umzingelten - surrounded

Verabredetes - arranged, agreed upon

Verbreitete - spread

Verkleidete - disguised

Verkleidet - disguised, in disguise

Versammelt - assembled, gathered

Wettbewerb - competition, contest

Zentrum - center

Zielscheibe - target, bullseye

Zorn - anger, wrath

4. Der Verrat

Im Herzen des Sherwood-Waldes, versteckt unter den grünen Baumkronen, lag das Lager von Robin Hood und seinen Gefährten. Hier planten sie ihre nächsten Schritte im Kampf gegen die Ungerechtigkeit, die der Sheriff von Nottingham den einfachen Leuten aufbürdete. Doch in ihrer Mitte brodelte ein unerkanntes Unheil.

Eines Abends, als das Lager im sanften Schein des Lagerfeuers badete, trat Robin vor seine Männer. „Freunde", begann er, „es ist Zeit für unseren nächsten Schritt. Der Sheriff wird immer rücksichtsloser. Wir müssen..."

Plötzlich unterbrach das Rascheln von Blättern und das Klirren von Rüstungen seine Worte. Aus dem Dunkel des Waldes sprangen Soldaten des Sheriffs hervor, Waffen in den Händen, umgeben sie das Lager.

„In die Deckung!", rief Robin, als ein heftiger Kampf entbrannte. Pfeile zischten durch die Luft, Schwerter klirrten aufeinander, und die Männer von Robin kämpften tapfer gegen die Übermacht.

Inmitten des Chaos blickte Robin auf und sah, wie einer seiner Männer heimlich ein Zeichen an die Angreifer gab. Das Herz sank ihm in die Hose, als er die Wahrheit erkannte: Einer seiner eigenen Leute hatte sie verraten.

Mit knapper Not gelang es Robin und seinen Männern, sich aus dem Hinterhalt zu befreien und in die Tiefe des Waldes zu fliehen. Während sie durch das Unterholz hetzten, brodelte in Robin eine Mischung aus Wut und Enttäuschung.

Als sie schließlich sicher waren, stellte Robin den Verräter zur Rede. „Warum?", fragte er, sein Blick hart und durchdringend.

Der Verräter senkte den Kopf. „Der Sheriff... er hat mir Gold und Sicherheit versprochen", stammelte er.

„Und du hast deine Brüder für Gold verraten", sagte Robin kalt. „Verlass uns. Komm nie wieder."

Nach diesem Vorfall saß Robin oft nachdenklich am Lagerfeuer. „Wir müssen vorsichtiger sein", sagte Marian, die sich zu ihm setzte. „Der Sheriff wird nicht ruhen. Wir müssen unsere Angriffe besser planen."

Robin nickte. „Du hast recht, Marian. Wir müssen klüger sein."

In den folgenden Wochen führten Robin und seine Bande eine Reihe sorgfältig geplanter Überfälle durch. Sie entwendeten Gold von reichen Adligen, die den Sheriff unterstützten, und verteilten es unter den Armen. Jeder erfolgreiche Überfall stärkte ihren Ruf und füllte ihre Kasse.

Der Sheriff von Nottingham wurde zunehmend frustrierter über seine Unfähigkeit, Robin Hood zu fassen. Seine Wut entlud sich in seinen Männern und den Bürgern von Nottingham.

„Dieser Robin Hood macht mich zum Gespött!", brüllte der Sheriff in seinem Amtssitz. „Er muss gefangen werden, koste es, was es wolle!"

Inzwischen hatte die Legende von Robin Hood weit über die Grenzen von Nottingham hinausreicht. Selbst der König, der in seinem fernen Schloss von den Taten Robin Hoods hörte, wurde aufmerksam.

„Dieser Robin Hood... er wird zu einem Symbol des Widerstands", sagte der König nachdenklich zu seinen Beratern.

„Wir müssen dieser Sache auf den Grund gehen. Sendet Truppen, um die Situation in Nottingham zu untersuchen."

So wuchs Robin Hoods Ruhm, während er und seine Gefährten weiterhin gegen die Ungerechtigkeit kämpften. Mit jeder Aktion wurden sie mehr als nur gesetzlose Rebellen; sie wurden zu Helden in den Augen der einfachen Leute, ein Leuchtfeuer der Hoffnung in einer Zeit der Dunkelheit und Tyrannei.

Amtssitz - official residence, office

Angriffe (Angriff) - attacks

Aufbürdete - imposed, burdened

Baumkronen - treetops

Befreien - to free, to liberate

Beratern (Berater) - advisers

Brüllte - roared, shouted

Bürger - citizens

Deckung - cover, protection

Durchdringend - piercing, penetrating

Entbrannte - broke out, erupted

Entlud (sich entladen) - unleashed, discharged

Entwendeten - stole, purloined

Fernen (fern) - distant, far away

Fliehen - to flee, to escape

Frustrierter (frustriert) - frustrated

Führen - to lead, to conduct

Gespött - mockery, ridicule

Gestärkt (stärken) - strengthened

Hart - hard, tough

Heimlich - secretly, covertly

Hinterhalt - ambush

Hose - trousers, pants

Kasse - cash box, funds

Klägliche (kläglich) - miserable, pitiful

Knapper (knapp) - narrow, close

Koste es, was es wolle - at any cost, whatever it takes

Lagerfeuer - campfire

Leuchtfeuer - beacon

Nachdenklich - thoughtful, reflective

Pfeile - arrows

Rascheln - rustling, crackling

Rebellen - rebels

Rücksichtsloser (rücksichtslos) - more ruthless

Ruhm - fame, glory

Rüstungen - armors

Sanften (sanft) - gentle, soft

Schwerter - swords

Senkte - lowered

Stammelte - stammered

Symbol - symbol

Truppen - troops, soldiers

Tyrannei - tyranny

Überfälle (Überfall) - raids

Übermacht - superiority, overpowering force

Ungerechtigkeit - injustice

Unterholz - underbrush

Unterstützten (unterstützen) - supported

Verabredetes Zeichen - arranged sign, agreed-upon signal

Verrat - betrayal

Versammelte - assembled, gathered

Wut - anger, rage

Widerstands (Widerstand) - resistance

Zischten - hissed, whizzed

5. Das letzte Gefecht

Als die Nachricht im Sherwood-Wald ankam, dass der König persönlich nach Nottingham reisen würde, um den Konflikt zu lösen, war Robin Hood zunächst skeptisch. „Was will der König hier?", murmelte er, während er mit seinen Gefährten das Lagerfeuer umgab.

„Vielleicht hat er von deinen Taten gehört", meinte Marian, ein leises Lächeln umspielte ihre Lippen. „Vielleicht sieht er endlich die Ungerechtigkeit, die hier herrscht."

In der folgenden Nacht erhielt Robin eine geheime Botschaft. Der König wollte sich mit ihm treffen – allein. Unter dem Sternenhimmel des Waldes trafen sich die beiden Männer.

„Eure Majestät", grüßte Robin mit einem leichten Knicks.

„Spare dir die Formalitäten, Robin Hood", sagte der König. „Ich habe viel über dich gehört. Erzähl mir von Nottingham."

In klaren Worten beschrieb Robin die Korruption und Ungerechtigkeit, die unter dem Sheriff von Nottingham herrschten. Der König hörte aufmerksam zu, seine Miene wurde bei jedem Wort düsterer.

„Das kann ich nicht dulden", sagte er schließlich. „Wir müssen diesem Treiben ein Ende bereiten."

Zusammen schmiedeten sie einen Plan. Der König organisierte einen großen Wettbewerb in Nottingham – einen Bogen- und Armbrustwettbewerb, der den Sheriff sicher anziehen würde.

Der Tag des Wettbewerbs war sonnig und klar. Die Menschen strömten in Scharen herbei, angelockt von der Präsenz des Königs und der Aussicht auf ein Spektakel. Der Sheriff kam in voller Pracht, ahnungslos, was ihm bevorstand.

Während des Wettbewerbs, der mit Spannung und Aufregung erfüllt war, traten Robin Hood und seine Männer inkognito an. Sie schossen mit solcher Präzision, dass bald klar war, wer die wahren Meister waren.

Als der Wettbewerb seinen Höhepunkt erreichte, trat der König vor die Menge. „Gute Leute von Nottingham", begann er, „heute haben wir nicht nur das Geschick der besten Schützen gesehen, sondern wir enthüllen auch eine Wahrheit, die zu lange im Verborgenen lag."

Er wandte sich zum Sheriff. „Euer Amt ist hiermit beendet", verkündete der König. „Eure Gier und Korruption haben diesem Land zu lange geschadet."

Die Menge brach in Jubel aus, als Wachen den blassen und schockierten Sheriff abführten. Marian, die neben Robin stand, sah zu ihm auf. „Du hast es geschafft", flüsterte sie.

„Wir haben es geschafft", korrigierte er sie mit einem Lächeln.

Der König wandte sich dann an Robin Hood. „Für deine Dienste und deinen unerschütterlichen Einsatz für Gerechtigkeit spreche ich dir und deinen Männern vollständige Begnadigung aus. Ich möchte, dass ihr euch meinem königlichen Dienst anschließt."

Robin war sprachlos. Von Gesetzlosen zu Mitgliedern des königlichen Dienstes – es war mehr, als er je zu träumen gewagt hatte.

In den folgenden Tagen bereitete sich Nottingham auf eine weitere Feierlichkeit vor – die Hochzeit von Marian und Robin. Als sie vor dem Altar standen, sah Robin tief in Marians Augen. „Mit dir an meiner Seite", sagte er leise, „gibt es nichts, was wir nicht erreichen können."

„Zum Wohl des Königreichs", fügte Marian hinzu, während sie seine Hand drückte.

Die Hochzeitsglocken läuteten, und das Volk jubelte, als Robin Hood und Marian sich das Ja-Wort gaben. Aus dem einstigen Gesetzlosen im Sherwood-Wald war ein Mann des Volkes und ein wahrer Held geworden. Ihre Liebe und ihr Engagement für Gerechtigkeit und Wohlstand im Königreich wurden zu einem Symbol der Hoffnung und des Mutes, das noch lange in Erinnerung bleiben würde.

Abführten - led away, escorted away

Angelockt - attracted, lured

Anziehen - to attract, to draw

Armbrustwettbewerb - crossbow competition

Aufregung - excitement, agitation

Aussicht - prospect, view

Begnadigung - pardon, clemency

Bevorstand - awaited, faced

Bogen - bow (weapon)

Drückte - pressed, squeezed

Dulden - to tolerate, to permit

Düsterer - darker, more somber

Einsetzen - to commit, to employ

Enthüllen - to reveal, to disclose

Erreichen - to achieve, to reach

Feierlichkeit - celebration, ceremony

Flüsterte - whispered

Geschick - skill, dexterity

Gier - greed, avarice

Hochzeit - wedding, marriage

Höhepunkt - climax, peak

Inkognito - incognito, in disguise

Jubel - cheers, jubilation

Klar - clear, distinct

Klaren - clear, straightforward (in „klaren Worten")

Knicks - curtsey, bow

Königlich - royal

Königreichs - kingdom's

Korruption - corruption

Läuteten - rang, chimed

Leises (leise) - soft, quiet

Miene - expression, face

Mutes - courage, bravery

Pracht - splendor, magnificence

Präsenz - presence

Schaft - achieved, managed

Schützen - shooters, archers

Schmiedeten - forged, devised

Schützen - archers, shooters

Scharen - crowds, throngs

Skepisch - skeptical

Spektakel - spectacle, show

Sprachlos - speechless

Strömten - streamed, flocked

Treiben - goings-on, activities

Unerschütterlichen - unwavering, steadfast

Verborgenen - hidden, concealed

Verkündete - announced, declared

Versammelte - gathered, assembled

Wettbewerb - competition, contest

Wohlstand - prosperity, wealth

Worte - words

Zum Wohl - to the good, to the welfare

Ruslan und Ludmila

1. Die Entführung Ludmilas

In einem fernen Königreich, wo Mythen und Wirklichkeit untrennbar miteinander verwoben waren, feierten Ruslan und Ludmila, die Tochter des Fürsten, ihre prächtige Hochzeit. Das ganze Reich war in Feierlaune, Musik und Lachen erfüllten die Luft. Doch inmitten dieser ausgelassenen Stimmung ereignete sich ein unerwartetes Unglück. Ein dunkler Zauberer, umhüllt von einem Mantel der Nacht, stürmte die Feier und entführte Ludmila vor den Augen aller Gäste.

Ruslan, vor Verzweiflung fast wahnsinnig, schwor, seine geliebte Ludmila zu finden und zu retten. Der Fürst, ebenso erschüttert, rief seine tapfersten Krieger zusammen und versprach demjenigen, der Ludmila unversehrt zurückbringe, sein Königreich.

„Ich werde Ludmila finden, koste es, was es wolle!" rief Ruslan entschlossen aus. Er zog sein Schwert und machte sich auf eine gefährliche Reise, bereit, jedes Hindernis zu überwinden, das sich ihm in den Weg stellte.

Auf seiner Reise traf Ruslan auf eine Vielzahl von Charakteren. Unter ihnen war ein weiser Alter, dessen Augen Geschichten von Jahrhunderten erzählten. Der Alte, beeindruckt von Ruslans Entschlossenheit, reichte ihm einen magischen Schal. „Dieser Schal wird dich vor Unheil bewahren", sagte er mit einer Stimme, die wie aus einer anderen Welt klang.

Während seiner Reise begegnete Ruslan auch anderen Rittern, die, angelockt von der Verheißung des Fürsten, ebenfalls auf der Suche nach Ludmila waren. Einer nach dem anderen forderte Ruslan zum Kampf heraus.

„Bist du hier, um das Königreich zu gewinnen oder um Ludmila zu retten?", fragte Ruslan jeden von ihnen.

„Das Königreich ist mein Ziel", antworteten einige, während andere zugaben, sie seien nur wegen des Ruhms und der Ehre hier.

Ruslan bezwang sie alle in fairen Kämpfen, nicht nur mit seiner Stärke, sondern auch mit seinem unbeugsamen Willen, Ludmila zu finden. Nach jedem Sieg setzte er seine Suche fort, getrieben von der Liebe und der Hoffnung, seine geliebte Ludmila wieder in die Arme schließen zu können.

Eines Tages, als Ruslan durch einen dichten Wald ritt, entdeckte er Spuren, die auf den Aufenthaltsort des Zauberers hinwiesen. Ein alter, verwitterter Wegweiser zeigte in Richtung eines düsteren, unheimlichen Pfades. Ruslan, mit dem magischen Schal um seinen Hals und dem Bild Ludmilas vor Augen, folgte dem Pfad ohne Zögern.

Der Wald wurde dunkler, die Bäume schienen lebendig und flüsterten in einer fremden Sprache. Doch Ruslan ließ sich nicht beirren. Er wusste, dass jede Hürde, jeder Schatten, der ihn vom Weg abbringen wollte, überwunden werden musste, um seine geliebte Ludmila zu finden.

In der Ferne, jenseits des dunklen Waldes, ragte ein Turm in den Himmel, umgeben von einem Nebel des Unheils. Ruslan spürte, dass sein Weg ihn dorthin führen würde, wo der Zauberer Ludmila gefangen hielt. Mit einem tiefen Atemzug und einem festen Griff um sein Schwert machte sich Ruslan bereit für das, was kommen würde, entschlossen, gegen jedes Unheil zu kämpfen, das sich ihm in den Weg stellte.

Abbringen - to dissuade, to divert

Aufenthaltsort - whereabouts, location

Beeindruckt - impressed

Begegnete - encountered, met

Beirren - to confuse, to distract

Bereit - ready, prepared

Charakteren - characters

Dichten - dense, thick (in „dichten Wald")

Düsteren - gloomy, dark

Ehre - honor, dignity

Entführte - kidnapped, abducted

Entschiedenheit - determination, resolve

Entschlossen - determined, resolute

Entschlossenheit - determination, resolve

Ereignete - occurred, happened

Erschüttert - shaken, disturbed

Flüsterten - whispered

Fürsten - prince, duke

Geliebte (geliebt) - beloved, dear

Geschichten - stories, tales

Gewinnen - to win, to gain

Heraus - out, challenge (in „forderte... heraus")

Hindernis - obstacle, barrier

Hürde - hurdle, obstacle

Jenseits - beyond, on the other side

Kämpfen - fights, battles

Klang - sounded, tone

Lebendig - alive, lively

Magischen - magical

Nebel - fog, mist

Pfad - path, trail

Reichte - handed, passed

Ritt - rode, ride (on a horse)

Ruhms - fame, glory

Schal - scarf

Schatten - shadow, shade

Schließen - to close, to conclude

Schwur - swore, vow

Spuren - traces, tracks

Stärke - strength, power

Stellte - placed, posed

Sturmte - stormed, rushed

Überwinden - to overcome, to surmount

Umhüllt - shrouded, enveloped

Unbeugsamen - unwavering, steadfast

Unheimlichen - eerie, uncanny

Unheil - mischief, harm

Unversehrt - unharmed, intact

Verheißung - promise, allure

Verwitterter - weathered, decayed

Verzweiflung - desperation, despair

Wahnsinnig - insane, mad

Wegweiser - signpost, guide

Weiser - wise man, sage

Wieder - again, back

Wirklichkeit - reality, actuality

Zauberer - wizard, magician

Ziel - goal, target

Zögern - to hesitate, to delay

2. Die Reise durch das Zauberland

Als Ruslan das geheimnisvolle Land betrat, das wie eine Welt jenseits aller Vorstellungskraft schien, spürte er, dass hier die Gesetze der Natur nicht galten. Überall um ihn herum waren Zeichen der Magie und unerklärliche Wunder. Er begegnete bizarren Kreaturen, die aus den tiefsten Abgründen eines Traumes zu stammen schienen. Mit Mut und Geschicklichkeit kämpfte er gegen diese Kreaturen und überwand zahlreiche Hindernisse.

Auf seinem Weg durch diese fremde Landschaft stieß Ruslan auf einen riesigen, steinernen Kopf, der unerwartet zu sprechen begann. Der Kopf, mit einer Stimme, die das Echo einer vergangenen Zeit zu tragen schien, erzählte Ruslan von seiner tragischen Vergangenheit und wie er einst ein mächtiger Riese war, bevor er vom Zauberer in Stein verwandelt wurde.

„Du musst vorsichtig sein, junger Krieger“, warnte der Kopf. „Der Zauberer, der deine Ludmila entführt hat, ist mächtig und tückisch.“

Ruslan hörte aufmerksam zu, als der Kopf von einer dunklen Kraft sprach, die das Land überschattete. „Er hat ein Herz aus Stein und kennt weder Mitleid noch Reue“, fuhr der Kopf fort. „Sei auf der Hut, denn er wird nicht zögern, dich zu vernichten.“

Nachdem er dem Kopf für seine Worte gedankt hatte, setzte Ruslan seine Reise fort. Er durchquerte einen düsteren Wald, in dem die Bäume wie Geister flüsterten und Schatten die Wege verschleierten. Hier wurde er beinahe von Illusionen getäuscht, die ihn von seinem Ziel abbringen wollten. Aber Ruslan blieb standhaft und ließ sich nicht beirren.

Inmitten des Waldes traf Ruslan auf eine freundliche Zauberin, die aus dem Nichts erschien. Mit einem Lächeln, das Geheimnisse verbarg, bot sie Ruslan ihre Hilfe an.

„Du bist auf der Suche nach dem Zauberer, nicht wahr?“, fragte sie mit einer Stimme, so sanft wie der Wind.

„Ja“, antwortete Ruslan, „ich muss meine geliebte Ludmila retten.“

„Dann brauchst du etwas Mächtigeres als deinen Mut und dein Schwert", sagte die Zauberin. „Du brauchst das Schwert des Lichts, das einzige Schwert, das den Zauberer besiegen kann."

Mit neuer Hoffnung im Herzen machte sich Ruslan auf die Suche nach dem legendären Schwert des Lichts. Die Zauberin hatte ihm einen Pfad gewiesen, der steil und gefährlich war, aber Ruslan zögerte nicht.

Nach vielen Tagen und Nächten, in denen er gegen unnatürliche Kreaturen und Herausforderungen kämpfte, erreichte Ruslan endlich den Ort, an dem das Schwert des Lichts versteckt war. Es lag auf einem Altar, umgeben von einem Leuchten, das so hell war, dass es die Dunkelheit des umliegenden Waldes vertrieb.

Ruslan trat vorsichtig näher und streckte seine Hand nach dem Schwert aus. Als er es berührte, fühlte er eine Welle der Kraft durch seinen Körper strömen. Das Schwert schien in seiner Hand lebendig zu werden, als ob es auf diesen Moment gewartet hätte.

Mit dem Schwert des Lichts fest in seiner Hand war Ruslan nun bereit, sich dem Zauberer zu stellen. Er wusste, dass der schwierigste Teil seiner Reise noch vor ihm lag, aber mit dem Schwert des Lichts an seiner Seite fühlte er sich unbezwingbar. Mit neuem Mut und Entschlossenheit setzte er seinen Weg fort, entschlossen, Ludmila zu finden und sie aus den Fängen des dunklen Zauberers zu befreien.

Abbringen - to dissuade, to lead away

Abgründen - abysses, depths

Beinahe - almost, nearly

Berührte - touched

Besiegen - to defeat, to conquer

Bizarren - bizarre, strange

Durchquerte - crossed, traversed

Entführte - kidnapped, abducted

Entschiedenheit - determination, resolve

Erschien - appeared, emerged

Fängen - clutches, grasp

Fort - away, gone

Freundliche - friendly

Gedankt - thanked

Geheimnisvolle - mysterious

Geister - ghosts, spirits

Getäuscht - deceived, fooled

Gewiesen - pointed, directed

Kennt - knows

Leuchten - glow, shine

Ließ - let, allowed

Mächtigeres - more powerful

Mitleid - pity, compassion

Pfad - path, trail

Reue - remorse, regret

Sanft - gentle, soft

Schatten - shadows

Spürte - felt, sensed

Standhaft - steadfast, firm

Steil - steep, sharp

Streckte - stretched, reached out

Strömen - to flow, to stream

Täuschungen - deceptions, illusions

Tragischen - tragic

Tückisch - treacherous, deceitful

Umliegenden - surrounding

Unbezwingbar - invincible, unconquerable

Unerklärbare - unexplainable, inexplicable

Unerwartet - unexpected, suddenly

Unnatürliche - unnatural

Verborg - hid, concealed

Vergangenen - past

Verschleierte - veiled, obscured

Vorsichtig - careful, cautious

Welle - wave

Zögerte - hesitated

3. Die Konfrontation mit dem Zauberer

Nach einer langen und gefahrvollen Reise erreichte Ruslan endlich das düstere Schloss des Zauberers. Der Anblick des mächtigen Bauwerks, umgeben von einem unheilvollen Nebel, ließ Ruslan kurz innehalten. Doch dann straffte er sich, das Schwert des Lichts fest in der Hand, und trat entschlossen den Weg zum Schloss an.

Kaum hatte er den ersten Fuß auf das Schlossgelände gesetzt, als er auch schon von verschiedenen Zauberkreaturen angegriffen wurde. Schreckliche Wesen, halb Tier, halb Phantom, stürzten sich auf ihn. Ruslan kämpfte mutig, das leuchtende Schwert in seinen Händen tanzte durch die Luft, seine Bewegungen waren präzise und schnell. Jeder Schlag seines Schwertes ließ eine der Kreaturen im Licht verschwinden.

Als er sich durch die Horden der Kreaturen gekämpft hatte, betrat Ruslan das Schloss. In seinem Inneren fand er Ludmila, die geliebte Fürstentochter, in einem tiefen Schlaf gefangen. Sie lag auf einem Bett aus Samt und Seide, umgeben von einer Aura der

Magie. Ruslan näherte sich ihr, doch bevor er sie erreichen konnte, erschien der Zauberer.

„Du bist weit gekommen, tapferer Ruslan“, sagte der Zauberer mit einer Stimme, die so kalt war wie Eis. „Aber hier endet deine Reise.“

Ruslan zog das Schwert des Lichts, bereit, sich dem mächtigen Zauberer zu stellen. „Ich werde nicht ruhen, bis Ludmila frei ist“, erklärte er entschlossen.

Ein epischer Kampf entbrannte. Der Zauberer schleuderte mächtige Zauber auf Ruslan, doch der magische Schal, den er von dem weisen Alten erhalten hatte, schützte ihn vor den schlimmsten Angriffen. Trotzdem war es ein ungleicher Kampf, denn die Macht des Zauberers schien unerschöpflich.

Ruslan erkannte, dass er den Zauberer nicht allein mit Stärke besiegen konnte. Er musste listig sein. In einem Moment der Ablenkung des Zauberers, warf Ruslan den magischen Schal in die Luft, ein blendendes Licht erfüllte den Raum. Der Zauberer wurde davon überrascht und in diesem Moment nutzte Ruslan die Gelegenheit. Mit einem kraftvollen Schlag seines Schwertes des Lichts traf er den Zauberer.

Der Zauberer schrie auf und im nächsten Moment löste er sich in einem Wirbel aus Licht und Schatten auf. Der Bann, der über Ludmila lag, brach, und sie erwachte aus ihrem tiefen Schlaf.

„Ruslan!“, rief sie und eilte in seine Arme.

Doch ihre Freude wurde jäh unterbrochen, als das Schloss zu beben und zu krachen begann. „Das Schloss stürzt ein!“, rief Ruslan. „Wir müssen hier raus!“

Hand in Hand liefen Ruslan und Ludmila durch die verwinkelten Korridore des zusammenbrechenden Schlosses. Überall um sie herum fielen Steine, und der Boden bebte. Mit knapper Not entkamen sie dem einstürzenden Gebäude und fanden sich im Freien wieder.

Als sie sich umdrehten, sahen sie, wie das Schloss in sich zusammenfiel und zu Staub wurde. Ludmila blickte Ruslan tief in die Augen. „Du hast mich gerettet", sagte sie mit einem Lächeln.

Ruslan erwiderte ihr Lächeln. „Wir haben es gemeinsam geschafft."

In diesem Moment wussten sie, dass ihre Liebe stärker war als jede Magie und jedes Hindernis. Doch sie ahnten auch, dass dies nicht das Ende ihrer Abenteuer sein würde, sondern erst der Anfang einer langen Reise voller Herausforderungen und Wunder.

Ablenkung - distraction

Anblick - sight, view

Angegriffen - attacked

Bann - spell, curse

Bauwerks - building, structure

Beben - to tremble, quake

Bebte - shook, trembled

Bereit - ready, prepared

Blendendes - dazzling, blinding

Brannte - burned, blazed

Eilte - hurried, rushed

Einstürzenden - collapsing

Entbrannte - broke out, erupted

Entschlossen - determined, resolved

Erklärt - declared, explained

Erkannte - recognized, realized

Erschien - appeared

Erwachte - awoke, woke up

Erwiderte - replied, retorted

Fürstentochter - princess

Gefahrvollen - perilous, dangerous

Gerettet - saved, rescued

Geschafft - accomplished, managed

Gesetzt - set, placed

Herausforderungen - challenges

Horden - hordes, crowds

Inneren - inside, interior

Knapper - narrow, close

Krachen - crashing, crackling

Listig - cunning, sly

Löste - resolved, dissolved

Nebel - fog, mist

Präzise - precise, exact

Samt - velvet

Schal - scarf, shawl

Schlossgelände - castle grounds

Schützte - protected, shielded

Schweres - heavy

Seide - silk

Staub - dust

Stürzt - collapses, falls

Tapferer - brave, valiant

Umgebung - surroundings, environment

Unerschöpflich - inexhaustible, unending

Unterbrochen - interrupted, broken

Verwinkelten - twisted, winding

Wirbel - swirl, vortex

Zauber - magic, spell

Zauberer - wizard, sorcerer

Zauberin - sorceress, witch

Zauberkräften - magical powers

Zauberwesen - magical creatures

4. Die Rückkehr

Nachdem sie dem einstürzenden Schloss entkommen waren, bereiteten sich Ruslan und Ludmila auf ihre Rückkehr nach Hause vor. Ihre Herzen waren erfüllt von Freude und Hoffnung, doch die Reise würde noch viele Herausforderungen mit sich bringen.

Kaum hatten sie ihre Reise angetreten, trafen sie auf den weisen Alten, der Ruslan zuvor den magischen Schal gegeben hatte. „Seid vorsichtig", warnte er sie. „Eure Reise ist noch nicht zu Ende. Gefahren lauern überall."

Während sie durch dichte Wälder und über hohe Berge zogen, wurden Ruslan und Ludmila von Banditen angegriffen. Ruslan, mit dem Schwert des Lichts in der Hand, stellte sich tapfer den Feinden. Ludmila, die nun nicht mehr das hilflose Opfer war, kämpfte an seiner Seite. Gemeinsam besiegten sie die Banditen und setzten ihre Reise fort.

Auf ihrem Weg stießen sie auf einen verletzten Ritter, der allein und hilflos am Wegesrand lag. Ruslan und Ludmila pflegten seine Wunden. Als der Ritter, der sich als Sir Ivan vorstellte, zu Kräften kam, offenbarte er, dass er ein Freund und Bewunderer von Ruslans Taten war. Er bat darum, sie auf ihrer Reise begleiten zu dürfen, und sie stimmten zu.

Mit Sir Ivan an ihrer Seite fühlten sich Ruslan und Ludmila sicherer. Sie überquerten reißende Flüsse und durchquerten dunkle Wälder. Aber ihre größte Herausforderung stand noch bevor. Sie erfuhren, dass der Zauberer Anhänger hatte, die nach Rache dürsteten.

„Wir müssen zusammenhalten", sagte Ruslan entschlossen. „Wir werden auch diese Gefahr überstehen."

Bald darauf fanden sie sich in einem letzten, entscheidenden Kampf gegen die Anhänger des Zauberers wieder. Es war ein erbitterter Kampf, in dem jeder sein Bestes geben musste. Doch mit vereinten Kräften, dem Mut Ruslans, der Klugheit Ludmilas und der Stärke Sir Ivans, gelang es ihnen, die Feinde zu besiegen.

Endlich, nach vielen weiteren Tagen der Reise, erreichten Ruslan und Ludmila ihr Königreich. Die Menschen jubelten, als sie ihre Heimkehr sahen. Doch es gab eine Überraschung: Der Fürst, Ludmilas Vater, hatte während ihrer Abwesenheit das Königreich verändert. Es war ein Ort des Friedens und der Gerechtigkeit geworden.

„Meine Tochter, dein Mut und deine Liebe haben uns alle inspiriert", sagte der Fürst mit Tränen in den Augen. „Und du, Ruslan, hast mehr als nur meine Tochter gerettet. Du hast uns allen den Weg zu einer besseren Zukunft gewiesen."

Ruslan und Ludmila blickten sich an, ihre Herzen voller Stolz und Liebe. Sie hatten zusammen mehr erreicht, als sie je für möglich gehalten hätten. Ihr Abenteuer hatte sie nicht nur zusammengebracht, sondern auch ihr Königreich verändert.

In dieser Nacht feierte das ganze Königreich. Lieder wurden gesungen, Geschichten erzählt, und überall herrschte Freude. Ruslan und Ludmila standen Hand in Hand, blickten in die Sterne und wussten, dass ihre Liebe und ihre Taten für immer in den Herzen der Menschen weiterleben würden.

Abwesenheit - absence

Angetreten - embarked, started

Anhänger - followers, supporters

Banditen - bandits

Begleiten - to accompany

Beruf - profession, career

Besiegten - defeated

Bewunderer - admirer

Blickten - looked, glanced

Dichten - dense, thick

Durchquerten - crossed, traversed

Erbitterter - bitter, fierce

Erfuhren - found out, learned

Feierte - celebrated

Gerechtigkeit - justice

Geschichten - stories, tales

Gewiesen - pointed, shown

Heimkehr - return, homecoming

Herausforderung - challenge

Herrschte - reigned, prevailed

Hilflos - helpless

Hoffnung - hope

Inspiert - inspired

Jubelten - cheered, rejoiced

Königreich - kingdom

Kräften - strength, forces

Klugheit - wisdom, cleverness

Möglich - possible

Mut - courage, bravery

Offenbarte - revealed, disclosed

Opfer - victim, sacrifice

Pflegten - cared for, nurtured

Reißende - rushing, rapid

Rückkehr - return

Saßen - sat

Schal - scarf, shawl

Schwaches - weak

Seid - be (formal)

Stimmten - agreed, voted

Stolz - pride

Taten - deeds, actions

Überall - everywhere

Überleben - to survive

Überquerten - crossed, traversed

Überraschung - surprise

Verändert - changed, altered

Vereinten - united, combined

Verletzten - injured, hurt

Vorstellte - introduced, presented

Warnte - warned

Wegesrand - roadside

Weisen - wise

Weiterleben - continue to live, survive

Wieder - again

Wunden - wounds, injuries

Zogen - moved, pulled

5. Das glückliche Ende

Als Ruslan und Ludmila in ihr Königreich zurückkehrten, wurden sie wie Helden empfangen. Die Menschen jubelten und warfen Blumen auf ihren Weg, während die Trompeten ihr triumphales Eintreffen verkündeten.

Der Fürst, Ludmilas Vater, stand an der Spitze der Menge und breitete seine Arme aus, als er seine Tochter und Ruslan erblickte. „Willkommen zurück, meine Lieben!", rief er mit Tränen der Freude in den Augen.

Die Geschichten über ihre Abenteuer hatten sich bereits im ganzen Land verbreitet. Überall erzählten die Menschen von Ruslans Mut und Tapferkeit sowie von Ludmilas Standhaftigkeit und Durchhaltevermögen. Das Volk verehrte sie nicht nur als Helden, sondern auch als Symbol der Hoffnung und der Liebe.

In einer großen Feier wurde Ruslan offiziell für seinen Mut geehrt. Der Fürst stand vor der versammelten Menge und sprach: „Ruslan, dein Heldentum hat unser Land gerettet. Heute feiern wir dich und deine unerschütterliche Tapferkeit!"

Ludmila wurde ebenfalls gefeiert. „Du, meine Tochter, hast mit deinem starken Willen und deiner Weisheit gezeigt, dass wahre Stärke nicht nur im Kampf liegt", sagte der Fürst stolz.

Der Höhepunkt der Feierlichkeiten war, als der Fürst sein Versprechen hielt und das Königreich offiziell an Ruslan übertrug. „Mit dir als König und Ludmila an deiner Seite bin ich sicher, dass unser Königreich eine Ära des Friedens und der Gerechtigkeit erleben wird", verkündete der Fürst.

Ruslan und Ludmila nahmen diese große Verantwortung mit Demut an. „Wir werden unser Bestes tun, um gerechte und weise Herrscher zu sein", erklärte Ruslan, „und unser Königreich zu einem Ort des Friedens und des Wohlstands für alle zu machen."

Ludmila fügte hinzu: „Unsere Liebe und unser Zusammenhalt werden uns dabei leiten. Gemeinsam können wir vieles erreichen."

In den folgenden Tagen begannen sie mit der Planung für die Zukunft. Sie wollten das Königreich aufbauen, mit fairen Gesetzen und Chancen für alle. Ihre Liebe und ihre Taten wurden in Liedern und Geschichten verewigt, die von Generation zu Generation weitergegeben wurden.

Ruslan und Ludmila lebten viele Jahre glücklich und zufrieden. Ihr Ruf als Helden und weise Herrscher strahlte weit über die Grenzen des Königreichs hinaus. Sie hatten nicht nur ihre eigene Liebe gerettet, sondern auch das Leben unzähliger Menschen in ihrem Land verbessert.

Als sie in den Abendhimmel blickten, wussten sie, dass ihre Geschichte noch lange in den Herzen der Menschen weiterleben würde – eine Geschichte über Mut, Liebe und die Macht der Hoffnung.

Abendhimmel - evening sky

An der Spitze - at the forefront

Aufbauen - to build, to develop

Auf ihrem Weg - on their way

Breitete - spread, extended

Demut - humility

Durchhaltevermögen - perseverance, endurance

Eintreffen - arrival

Erblickte - caught sight of, spotted

Erleben - to experience

Feierlichkeiten - celebrations

Folgenden - following, subsequent

Für seinen Mut - for his courage

Geehrt - honored

Gerettet - saved, rescued

Gerettet - saved, rescued

Herrlicher - magnificent, glorious

Herrschers - ruler's, sovereign's

Höhepunkt - highlight, climax

Jubelten - cheered, rejoiced

Leiten - to lead, guide

Mut - courage, bravery

Ruf - reputation, call

Standhaftigkeit - steadfastness, resilience

Starken Willen - strong will

Strahlte - shone, radiated

Tapferkeit - bravery, valor

Trompeten - trumpets

Unerschütterliche - unwavering, steadfast

Uns dabei leiten - guide us in this

Unzähliger Menschen - countless people

Verbessert - improved

Verewigt - immortalized

Verkündeten - announced, proclaimed

Versprechen - promise

Weise - wise, manner

Weise Herrscher - wise rulers

Wohlstand - prosperity, wealth

Zufrieden - satisfied, content

Zufriedenheit - contentment, satisfaction

Zusammenhalt - cohesion, unity

Guy of Warwick

1. Die Legende von Guy of Warwick

In den sanften Hügeln Englands, in einer Zeit, in der Ruhm und
Ehre alles bedeuteten, lebte Guy, ein junger, ehrgeiziger Knappe.
Er diente im Hause eines edlen Lords und war bekannt für seine
Stärke und Geschicklichkeit. Doch sein Herz gehörte Felice, der
bezaubernden Tochter seines Herrn.

„Felice," sagte Guy eines Tages, als sie im Garten spazierten,
„meine Liebe zu dir wächst mit jedem Tag. Ich würde alles tun, um
dein Herz zu gewinnen."

Felice, mit einem Blick, der sowohl Verlangen als auch
Traurigkeit ausdrückte, antwortete: „Guy, ich schätze dich sehr,
aber ich kann nur einen Mann lieben, der als tapferer und
berühmter Ritter anerkannt ist."

Diese Worte trafen Guy wie ein Pfeil. Er wusste, was er zu tun
hatte. „Ich werde ein Ritter werden, Felice. Für dich werde ich die
größten Herausforderungen meistern."

Guy verließ das Anwesen des Lords, um sein Schicksal zu
suchen. Er reiste durch das Land, nahm an Turnieren teil und stellte
sich mutig jeder Herausforderung, die ihm begegnete. Seine größte
Bewährungsprobe kam, als er hörte, dass der furchterregende
Dänenkönig das Land bedrohte.

In einer entscheidenden Schlacht stellte sich Guy dem
Dänenkönig. Der Kampf war heftig und lang, doch mit Stärke und
Geschick gelang es Guy, den König zu besiegen. Die Nachricht
von seinem Sieg verbreitete sich wie ein Lauffeuer durch das Land.
Guy war nun nicht nur ein Held, sondern ein Symbol des Mutes
und der Stärke.

Als er nach Hause zurückkehrte, wurde er von den Leuten
gefeiert. Felice, die von seinen Heldentaten gehört hatte, wartete
auf ihn. „Guy, du hast mehr erreicht, als ich je erwartet hätte. Du
hast das Herz einer Dame gewonnen und die Anerkennung eines
ganzen Landes. Ich werde deine Frau sein."

Die Hochzeit von Guy und Felice war ein Fest von unvergleichlicher Pracht. Guy wurde in einer feierlichen Zeremonie zum Ritter geschlagen. Doch trotz des Glücks und der Liebe, die er gefunden hatte, ruhte eine Unruhe in seinem Herzen.

In den folgenden Nächten, während er neben Felice lag, fühlte er den Drang nach mehr. „Ich habe so viel erreicht, und doch...", murmelte er in die Dunkelheit, „ich spüre, dass meine Geschichte noch nicht zu Ende ist. Es gibt noch so viele Abenteuer, die auf mich warten."

Felice, die seine Worte hörte, flüsterte: „Guy, mein Herz gehört dir, aber ich weiß, dass ein Mann wie du nicht für ein ruhiges Leben gemacht ist. Folge deinem Herzen, so wie du es immer getan hast."

Mit diesen Worten begann Guy zu erkennen, dass sein Schicksal ihn wieder auf Reisen führen würde. Er wusste, dass er nicht ruhen konnte, bis er seine wahre Bestimmung gefunden hatte.

Anerkannt - recognized

Anwesen - estate, property

Bedeuteten - meant, signified

Begegnete - encountered, met

Bezaubernden - enchanting, charming

Bewährungsprobe - trial, test of courage

Dänenkönig - Danish king

Ehrgeiziger - ambitious

Eines Tages - one day

Erkennen - to recognize, realize

Erreicht - achieved, reached

Feierlichen - ceremonial, festive

Furchterregende - terrifying, fearsome

Gefühlt - felt, sensed

Geschick - skill, dexterity

Geschicklichkeit - skillfulness, dexterity

Heldentaten - heroic deeds, acts of heroism

Herausforderungen - challenges, trials

Herz gehörte - heart belonged

Hochzeit - wedding

Knappe - squire

Lauffeuer - wildfire, rapidly

Meistern - to master, overcome

Murmelte - muttered, murmured

Pracht - splendor, magnificence

Ruhm - fame, glory

Ruhiges Leben - quiet life, peaceful life

Sanften Hügeln - gentle hills

Schicksal - destiny, fate

Schlagen - to beat, to knight (in this context)

Spazierten - strolled, walked

Stellte sich - faced, confronted

Tapferer - brave, valiant

Turnieren - tournaments

Unruhe - unrest, unease

Unvergleichlicher - incomparable, unparalleled

Verbessern - spread, disseminate

Verlangen - desire, longing

Wahre Bestimmung - true destiny, true calling

2. Der Kampf gegen den Drachen

Guy of Warwick, der Held, der bereits den Dänenkönig besiegt hatte, fand keine Ruhe in seinem neuen Leben als Ritter und Ehemann. Eines Tages hörte er Gerüchte über einen Drachen, der ein nahegelegenes Dorf terrorisierte. Die Menschen sprachen von Feuer, Zerstörung und Angst. In Guys Herz entflammte der Wunsch, erneut als Held zu agieren.

„Felice, ich muss gehen," sagte er entschlossen. „Dieses Dorf braucht mich. Ich kann nicht einfach hierbleiben, während andere in Gefahr sind."

Felice, die in seinen Augen den Funken des Abenteuers sah, antwortete mit besorgter Stimme: „Ich fürchte um dich, Guy. Bitte sei vorsichtig."

Mit einem Kuss zum Abschied machte sich Guy auf den Weg. Die Reise war voller Herausforderungen; tiefe Wälder, reißende Flüsse und unwirtliche Berge lagen auf seinem Pfad. Doch Guy ließ sich nicht beirren.

Auf seiner Reise traf er andere Ritter, die ebenfalls den Ruhm suchten, den Drachen zu töten. Sie sprachen von Ehre und Mut, doch keiner hatte das Herz oder die Fähigkeit, sich dem Biest wirklich zu stellen. Guy hörte ihren Prahlereien zu und wusste, dass er allein handeln musste.

Schließlich erreichte er das Dorf, das unter der Tyrannei des Drachen litt. Die Dorfbewohner empfingen ihn mit Hoffnung in ihren Augen. „Bist du gekommen, um uns zu retten?" fragten sie.

Guy nickte bestimmt. „Ich werde mein Bestes tun, um diesen Drachen zu besiegen."

Der Kampf mit dem Drachen war erbittert. Feuer und Rauch füllten den Himmel, als Guy mit seinem Schwert und Schild gegen das gewaltige Biest kämpfte. Schließlich, mit einem geschickten Stoß, durchbohrte er das Herz des Drachen, und das Monster fiel zu Boden.

Das Dorf jubelte, und überall wurde Guy als Held gefeiert. Er wurde mit Festen und Liedern geehrt, und seine Geschichte verbreitete sich weit und breit. Aber tief in seinem Herzen fühlte Guy eine Leere. Die Anerkennung und der Ruhm füllten nicht das Loch in seiner Seele.

In einer stillen Nacht, als er allein unter den Sternen saß, dachte Guy über sein Leben nach. „Ruhm und Ehre... das ist es nicht, was ich wirklich suche. Ich muss meinen eigenen Weg finden, etwas, das meinem Leben einen tieferen Sinn gibt."

Am nächsten Morgen verkündete Guy den Dorfbewohnern, dass er sich auf eine Pilgerreise begeben würde, um seinen wahren Zweck im Leben zu finden. „Ich danke euch allen," sagte er, „aber mein Herz ruft mich zu einer anderen Reise."

Felice erhielt Nachricht von Guys neuestem Abenteuer und fühlte sich zutiefst traurig. Obwohl sie stolz auf seinen Mut und seine Taten war, vermisste sie ihn schmerzlich. Mit schwerem Herzen sah sie, wie ihr geliebter Guy in die Ferne zog, auf der Suche nach etwas, das selbst er nicht genau benennen konnte.

Anerkennung - recognition, acknowledgement

Auf den Weg machen - set off, start a journey

Begeben - embark, go on

Bekämpfen - to fight, to combat

Benennen - to name, to specify

Bestimmt - determined, certain

Dorfbewohner - villagers, inhabitants of a village

Durchbohren - to pierce, to penetrate

Ebenfalls - also, as well

Ehemann - husband

Erbittert - fierce, bitter

Festen - feasts, festivals

Fähigkeit - ability, skill

Gewaltig - massive, huge

Jubelte - cheered

Leere - emptiness, void

Loch - hole

Mut - courage, bravery

Pilgerreise - pilgrimage

Prahlereien - boasts, bragging

Reißende Flüsse - raging rivers

Ruhm - fame, glory

Ruhe - peace, rest

Schwerem Herzen - heavy heart

Seele - soul

Sich beirren lassen - to be deterred, to be discouraged

Schild - shield

Stoß - thrust, push

Tiefe Wälder - deep forests

Unwirtliche Berge - inhospitable mountains

Verkündete - announced, declared

Verlangen - desire, longing

Vorsichtig - careful, cautious

Zerstörung - destruction

3. Guys Pilgerreise

Guy of Warwick, einst ein gefeierter Held, hatte sich nun auf eine andere Art von Reise begeben. Eine Reise, die nicht nach Ruhm oder Ehre strebte, sondern nach Weisheit und innerer Ruhe. Er durchquerte viele Länder, von den grünen Hügeln Englands bis zu den sonnenverwöhnten Küsten des Mittelmeers. Auf seinem Weg begegnete er den verschiedensten Menschen: Händlern, Bauern, Pilgern und sogar Bettlern.

In einem kleinen Dorf in Frankreich saß Guy eines Abends in einer bescheidenen Taverne. „Das Leben ist voller Wunder und Sorgen", sagte ein alter Mann neben ihm. „Aber im Endeffekt sind wir alle auf der Suche nach demselben: Glück und Frieden." Diese Worte berührten Guy tief in seinem Herzen.

Während seiner Reisen half Guy den Armen und Schwachen, wo immer er konnte. Er teilte sein Essen mit den Hungernden, half bei der Ernte und beschützte die Wehrlosen vor Unrecht. Mit jeder guten Tat fühlte er, wie seine Seele leichter wurde und ein Verständnis für das wahre Wesen der Größe wuchs in ihm. Er erkannte, dass wahre Größe nicht in heldenhaften Taten oder Ruhm liegt, sondern im Dienen und in der Demut.

Eines Tages traf Guy in den Wäldern Italiens einen weisen Einsiedler. Der alte Mann lebte allein in einer kleinen Hütte und widmete sein Leben der Meditation und dem Studium alter Schriften.

„Was suchst du, junger Mann?", fragte der Einsiedler mit durchdringendem Blick.

„Ich suche Weisheit und innere Ruhe", antwortete Guy.

Der Einsiedler nickte langsam. „Um wahrhaft weise zu sein, musst du lernen, dich selbst zu verstehen. Und um inneren Frieden zu finden, musst du lernen, loszulassen."

Diese Worte hallten in Guys Gedanken nach. Tage und Nächte verbrachte er mit dem Einsiedler, diskutierte über das Leben und lernte, seine innere Stimme zu hören. Durch diese Begegnungen wuchs Guys Verständnis für die Welt und sich selbst.

Eines Tages erreichte Guy eine Nachricht von Felice. Sie schrieb von ihrer Liebe, ihrer Sehnsucht und ihrer Bitte, dass er nach Hause zurückkehren möge. Guy fühlte sich zerrissen. Einerseits sehnte er sich nach seiner geliebten Felice und dem Leben, das sie gemeinsam aufgebaut hatten. Andererseits spürte er, dass seine Reise nach Erleuchtung noch nicht beendet war.

Nächte voller Zweifel und Tage voller Grübeleien vergingen. Schließlich, nach langem inneren Kampf, entschied sich Guy, nach Hause zurückzukehren. „Ich habe viel gelernt", dachte er. „Aber vielleicht ist es jetzt an der Zeit, das Gelernte in mein altes Leben zu integrieren."

Mit einem Gefühl der Erleichterung, aber auch der Unsicherheit, machte sich Guy auf den Weg zurück nach England. Er ahnte jedoch nicht, dass sich dort dramatische Ereignisse abspielten, die seine Rückkehr zu einer ganz anderen Heimkehr machen würden, als er es sich jemals hätte vorstellen können.

Abgespielt - played out, occurred

Ahnen - to suspect, to anticipate

Armen - the poor, needy

Aufbauen - to build up, establish

Aufbegeben - to embark on

Bauern - farmers, peasants

Begleitet - accompanied

Begegnen - to meet, encounter

Begegnung - encounter, meeting

Berühren - to touch, affect

Bescheiden - modest, humble

Bettler - beggar

Demut - humility

Diskutieren - to discuss, debate

Durchdringend - piercing, penetrating

Durchquerten - crossed, traversed

Einsiedler - hermit

Erleichterung - relief

Erleuchtung - enlightenment

Ernte - harvest

Erreichte - reached, achieved

Gefühl - feeling, sense

Gelehrten - scholar, learned person

Gemeinsam - together

Genaue - exact, precise

Grübeleien - broodings, ponderings

Händler - trader, merchant

Hütte - hut, cabin

Innere - inner, internal

Integration - integration

Loslassen - to let go

Pilger - pilgrims

Pilgerreise - pilgrimage

Ruhe - peace, rest

Sehnen - to long for, yearn

Sehnsucht - longing, yearning

Sonnenverwöhnt - sun-kissed, sun-drenched

Spürte - felt, sensed

Taverne - tavern, inn

Traf - met, encountered

Unrecht - injustice, wrong

Unsicherheit - uncertainty, insecurity

Verständnis - understanding

Voller - full of

Wachsen - to grow, increase

Wahrhaft - truly, really

Wehrlosen - defenseless, helpless

Weisheit - wisdom

Wunder - wonder, miracle

Zerrissen - torn, conflicted

Zweifel - doubt, uncertainty

4. Die Rückkehr und neue Herausforderungen

Nach langer Zeit der Abwesenheit erreichte Guy of Warwick endlich seine Heimat. Doch die friedliche Landschaft seiner Erinnerungen war nicht mehr zu erkennen. Überall sah er Zeichen des Krieges – verbrannte Felder, zerstörte Dörfer und Menschen, die von Furcht gezeichnet waren.

Guy eilte zum Schloss und erfuhr dort die schreckliche Nachricht: Felice war von einem rivalisierenden Lord entführt worden, und das Land war im Chaos versunken. Sein Herz schmerzte bei dem Gedanken an seine geliebte Felice in den Händen eines Feindes.

Ohne zu zögern, begann Guy eine Armee aufzustellen. „Wir müssen Felice retten und unser Land befreien!", rief er seinen Männern zu. Seine Worte waren voller Entschlossenheit und Mut.

In den folgenden Wochen führte Guy seine Truppen in mehreren Schlachten gegen den feindlichen Lord. Seine Führungsstärke und Tapferkeit standen dabei außer Frage. Die Soldaten folgten ihm ohne Zögern, beeindruckt von seinem Mut und seiner klugen Kriegsführung.

Schließlich gelang es Guy und seinen Männern, das Lager des feindlichen Lords zu stürmen. In einem dramatischen Kampf besiegte Guy den Lord und befreite Felice aus seiner Gefangenschaft.

„Mein lieber Guy, ich habe so lange auf dich gewartet", flüsterte Felice, als sie sich in seinen Armen wiederfanden.

„Ich werde dich nie wieder verlassen", versprach Guy mit Tränen in den Augen.

Durch seine Taten erlangte Guy erneut großen Ruhm und Anerkennung. Das Volk feierte ihn als Helden, der Frieden und Ordnung wiederhergestellt hatte. Guy und Felice lebten einige Zeit in Frieden und Glück, genossen die Wärme ihrer Liebe und die Freuden des einfachen Lebens.

Doch die Ruhe war trügerisch. Guy wurde von Alpträumen geplagt, in denen er Felice immer wieder verlor. Er fühlte sich zerrissen zwischen dem Wunsch, bei Felice zu bleiben und dem Drang, seinen inneren Dämonen zu begegnen.

„Ich spüre, dass meine letzte und größte Herausforderung noch vor mir liegt", gestand Guy eines Nachts Felice.

Felice sah ihn besorgt an. „Was meinst du damit, Guy?"

„Ich weiß es nicht genau. Aber ich spüre, dass es etwas gibt, das ich noch tun muss."

Wenige Tage später erreichten Gerüchte das Schloss – Gerüchte von einem geheimnisvollen Ungeheuer, das in den Wäldern lauerte und das Land bedrohte. Guy wusste, dass dies seine letzte große Herausforderung sein würde. Er entschied sich, dem Ungeheuer entgegenzutreten und sein Land vor diesem neuen Schrecken zu schützen.

Felice sah ihm mit Tränen in den Augen nach, als er mit einer kleinen Gruppe treuer Gefährten aufbrach, um sich dem Unbekannten zu stellen. Guy of Warwick, der einstige Knappe, der zu einem Helden wurde, war bereit für sein letztes und vielleicht größtes Abenteuer.

Abwesenheit - absence

Alpträume - nightmares

Anerkennung - recognition, acknowledgment

Aufbrach - set off, departed

Aufstellen - to set up, establish

Außer Frage - beyond question, unquestionable

Bedrohte - threatened

Befreien - to free, liberate

Beeindruckt - impressed

Befreien - to free, liberate

Betrachtete - considered, regarded

Eilte - hurried, rushed

Einfachen - simple

Entführung - kidnapping, abduction

Entgegentreten - to confront, face

Entschlossenheit - determination, resolve

Erfahren - to learn, find out

Erneut - anew, again

Erreichte - reached

Feldern - fields

Flüsterte - whispered

Folgende - following, subsequent

Furcht - fear, dread

Führungsstärke - leadership strength

Gefangenschaft - captivity

Gefährten - companions, mates

Geheimnisvollen - mysterious

Gelang - succeeded, managed

Genossen - enjoyed

Gerüchte - rumors, gossip

Gestand - confessed, admitted

Herausforderung - challenge

Knappe - squire

Kriegsführung - warfare

Lager - camp

Lauschte - listened, hearkened

Mut - courage, bravery

Ordnung - order, system

Ruhm - fame, glory

Schmerzte - ached, hurt

Schrecken - terror, horror

Spürte - felt, sensed

Stürmen - to storm, rush

Tapferkeit - bravery, valor

Trügerisch - deceptive, illusory

Unbekannten - unknown

Ungeheuer - monster, beast

Verlassen - to leave, abandon

Versank - sank, submerged

Versprach - promised

Wieder - again, once more

Wiederhergestellt - restored, reinstated

Zerrissen - torn, conflicted

Zeichen - signs, symbols

Zerstörte - destroyed

Zögern - to hesitate, delay

5. Das letzte Abenteuer

Die Morgendämmerung brach an, als Guy of Warwick seine Rüstung anzog und sich auf seine letzte große Herausforderung vorbereitete. Felice stand neben ihm, ihre Augen erfüllt von Sorge und Liebe.

„Guy, sei vorsichtig. Ich kann den Gedanken nicht ertragen, dich zu verlieren", flüsterte sie, während sie ihm sanft über die Wange strich.

„Mein Herz, ich werde zurückkehren. Dieses Ungeheuer wird nicht das Ende meiner Geschichte sein", erwiderte Guy mit einer festen Umarmung.

Mit diesen Worten verließ Guy das Schloss und begann seine Reise durch unwegsames Gelände, immer dem Gerücht des Ungeheuers folgend. Wälder und Berge kreuzten seinen Weg, doch er ließ sich nicht entmutigen.

Unterwegs begegnete Guy alten Freunden und Verbündeten, die von seinem Vorhaben hörten und ihm ihre Unterstützung anboten. Sir Reynold, ein langjähriger Gefährte, schloss sich ihm an, entschlossen, an Guys Seite zu kämpfen.

„Du bist ein wahrer Freund, Reynold. Gemeinsam werden wir jede Herausforderung bewältigen", sagte Guy dankbar.

Als sie sich dem Ort näherten, wo das Ungeheuer zuletzt gesehen worden war, spürte Guy eine seltsame Veränderung in der Luft. Eine bedrückende Stille lag über dem Land, und ein Gefühl der Unruhe erfasste ihn.

„Dies ist mehr als nur ein Kampf gegen ein Ungeheuer. Es ist eine Prüfung meines Charakters, meiner Seele", murmelte Guy, während er seinen Blick fest auf den dunklen Wald vor ihnen richtete.

Als sie tiefer in den Wald vordrangen, erschien schließlich das Ungeheuer – ein riesiges, furchterregendes Wesen, dessen Augen in der Dunkelheit glühten.

„Sei stark, Guy. Du hast für diesen Moment gelebt", rief Reynold, während sie sich zum Kampf bereit machten.

Der Kampf war erbittert und gefährlich. Guy nutzte all seine Erfahrungen und Weisheiten, die er auf seinen Reisen gesammelt hatte. Mit jedem Hieb und Ausweichmanöver zeigte er seine Stärke und seinen Mut. Doch das Ungeheuer war zäh und unerbittlich.

In einem Moment größter Anspannung erkannte Guy, dass er nicht nur mit dem Ungeheuer kämpfte, sondern auch mit seinen eigenen Zweifeln und Ängsten. Mit dieser Erkenntnis fand er neue Kraft und schlug das Ungeheuer schließlich nieder.

Nach dem Kampf stand Guy atemlos, aber triumphierend da. Er fühlte sich erlöst und vollständig, als hätte er einen langen, inneren Kampf gewonnen.

„Du hast es geschafft, Guy. Du hast nicht nur das Ungeheuer besiegt, sondern auch dich selbst", sagte Reynold mit Bewunderung in seiner Stimme.

Guy nickte still. „Ja, es ist Zeit, nach Hause zurückzukehren. Zu Felice, zu meinem wahren Leben."

Als Guy zurück zum Schloss ritt, empfingen ihn die Menschen mit Jubel und Dankbarkeit. Felice rannte ihm entgegen, Tränen der Freude in ihren Augen.

„Guy, du bist zurück! Ich habe so sehr gehofft", rief sie und fiel ihm in die Arme.

„Ich bin zurück, mein Herz. Und diesmal für immer", versicherte Guy, während er sie fest an sich zog.

Die Geschichte von Guy of Warwick, dem tapferen Ritter, der seine größten Herausforderungen meisterte und Frieden in sein Herz und sein Land brachte, wurde über Generationen hinweg erzählt. Guy und Felice lebten glücklich und erfüllt, ihre Liebe und Taten unvergessen in den Herzen der Menschen.

Anboten - offered

Anspannung - tension, strain

Anzog - put on, dressed in

Ausweichmanöver - evasive maneuver

Bedrückende - oppressive, heavy

Befand - found, was located

Begegnete - encountered, met

Bereiteten - prepared

Bewältigen - to overcome, manage

Dankbarkeit - gratitude

Eindrucksvolle - impressive

Erbittert - bitter, fierce

Erfahrungen - experiences

Erfüllt - fulfilled, filled

Erfüllte - filled, satisfied

Erlöst - redeemed, relieved

Erreichen - to reach, achieve

Erwiderte - replied, responded

Erzählt - told, narrated

Festen - firm, solid

Feststand - was certain, established

Furchterregendes - terrifying

Gefährlich - dangerous

Gelebt - lived

Gesammelt - collected, gathered

Geschafft - managed, accomplished

Gewonnen - won

Glühten - glowed

Größten - greatest

Hieb - blow, strike

Hörten - heard

Innere - inner

Jubel - cheers, jubilation

Kreuzten - crossed, intersected

Langjähriger - long-time

Lange - long

Lebens - life's

Morgendämmerung - dawn

Möglichkeit - possibility

Näherten - approached, neared

Prüfung - examination, test

Ritt - rode (on horseback)

Rüstung - armor

Sanft - gently

Schlug - hit, struck

Seele - soul

Spürte - felt, sensed

Stärke - strength, power

Stille - silence, stillness

Strich - stroke, brushed

Triumphierend - triumphantly

Unruhe - restlessness, unease

Unwegsames - difficult, rough (terrain)

Verbündeten - allies, confederates

Veränderung - change, alteration

Verlassen - to leave, abandon

Versicherte - assured

Verstehen - to understand

Vollständig - completely, fully

Vorhaben - plan, intention

Während - while, during

Wange - cheek

Weisheiten - wisdom, sagacity

Wesen - being, creature

Zuletzt - last, most recently

Zurückkehren - to return

König Artus

1. Die Geburt eines Königs

In den alten Tagen, als Britannien noch ein Land voller Geheimnisse und mächtiger Zauberer war, regierte Uther Pendragon als König. Er war ein starker und leidenschaftlicher Herrscher, dessen Herz jedoch unruhig blieb. Eines Tages, während eines Festmahls, erblickte er Igraine, die wunderschöne Gemahlin des Herzogs von Cornwall. Ihr Anblick entfachte eine unstillbare Liebe in ihm.

Uther suchte die Hilfe des Zauberers Merlin. „Merlin, ich brenne vor Liebe zu Igraine, doch sie ist die Frau eines anderen. Kannst du mir helfen?“, fragte Uther den Zauberer.

Merlin, weise und mächtig, sah in Uthers Augen und erkannte die Tiefe seiner Leidenschaft. „Ich kann dir helfen, Uther, aber jede Tat hat ihren Preis. Was bist du bereit zu geben?“, entgegnete Merlin.

„Alles!“, rief Uther ohne zu zögern.

Merlin wirkte einen mächtigen Zauber, sodass Uther die Gestalt des Herzogs von Cornwall annahm und so Igraines Liebe gewann. Aus dieser Vereinigung wurde ein Sohn geboren, den sie Artus nannten.

Doch das Glück war kurz. Uther wurde von seinen Feinden verraten und starb in einer blutigen Schlacht. Das Land stürzte in Chaos und Krieg. Merlin, der Artus’ wahre Bestimmung kannte, brachte den Jungen heimlich zu Sir Ector, einem loyalen Ritter Uthers. Dort wuchs Artus auf, ohne zu wissen, dass königliches Blut in seinen Adern floss.

Artus entwickelte sich zu einem mutigen und gerechten Jungen. Er lernte, mit dem Schwert zu kämpfen, und zeigte stets ein großes Herz für die Schwachen und Bedürftigen.

„Du bist für Großes bestimmt, Artus“, sagte Sir Ector oft, ohne zu wissen, wie wahr seine Worte waren.

In der Zwischenzeit, um den wahren König zu finden, platzierte Merlin ein magisches Schwert in einen Stein. Eingraviert auf dem Schwertgriff stand: „Wer dieses Schwert aus diesem Stein zieht, ist der rechtmäßige König von ganz Britannien."

Viele edle Männer, Ritter und Fürsten versuchten ihr Glück, aber das Schwert rührte sich nicht. Es wurde bald zu einer Legende, und Menschen aus allen Ecken des Landes kamen, um ihr Glück zu versuchen.

An einem Markttag kam Artus mit Sir Ector und seinem Sohn Kay in die Stadt. Kay, der am Turnier teilnehmen sollte, bemerkte, dass er sein Schwert vergessen hatte. „Artus, geh schnell und hol mir ein Schwert!", befahl er.

In seiner Eile entdeckte Artus den Stein mit dem Schwert. Ohne zu zögern und ohne Kenntnis der Bedeutung des Schwertes zog Artus es mühelos heraus.

„Artus, was hast du da getan?", rief Sir Ector entsetzt, als er das Schwert in Artus' Hand sah.

Die Nachricht verbreitete sich schnell, und eine Menge versammelte sich um Artus. Merlin trat vor und sah Artus mit einem durchdringenden Blick an. „Artus, kennst du die Bedeutung dessen, was du getan hast?", fragte Merlin.

Artus schüttelte den Kopf, verwirrt und überwältigt von der Menge und den auf ihn gerichteten Blicken.

„Du hast das Schwert aus dem Stein gezogen, Junge. Das bedeutet, du bist der rechtmäßige Erbe Uther Pendragons. Du bist der wahre König von Britannien", erklärte Merlin.

Ein Raunen ging durch die Menge, und Artus' Welt veränderte sich in diesem Moment für immer. Er, ein einfacher Junge, aufgezogen in der Obhut eines Ritters, war nun zum König bestimmt.

„Ich... ich bin ein König?", stammelte Artus ungläubig.

„Ja, Artus“, antwortete Merlin. „Du bist dazu bestimmt, dieses Land zu einen und zu regieren. Dein Herz und dein Mut werden dir den Weg weisen.“

So begann die Geschichte von Artus, dem König, der nicht nur über ein Königreich herrschte, sondern auch in die Herzen der Menschen einziehen sollte, als Symbol der Hoffnung, Tapferkeit und Gerechtigkeit.

Artus - Arthur

Bedürftigen, die (pl.) - the needy

bestimmt, (etwas) für - destined for (something)

Durchdringenden, der (adj.) - penetrating

entgegnete, (jemandem etwas) (verb) - replied, retorted (to someone)

Festmahls, das - feast

Geheimnisse, die (pl.) - secrets

Gemahlin, die - wife, spouse

gerechten, der (adj.) - just, fair

Gestalt, die - form, shape

Herzogs, der - duke

Königreich, das - kingdom

Leidenschaft, die - passion

Schwertgriff, der - sword hilt

Turnier, das - tournament

Ungläubig, (adj.) - incredulous, disbelieving

Vereinigung, die - union

Verwirrt, (adj.) - confused

Zauberer, der - wizard

Zögern, ohne zu (phrase) - without hesitating

2. Die Einigung des Königreichs

Als Artus zum König gekrönt wurde, war die Stimmung im Königreich geteilt. Einige Adlige empfingen ihn mit offenen Armen, während andere mit Skepsis und Neid auf den jungen König blickten.

„Wie kann ein Junge wie er unser König sein?", murmelte Lord Agravain, während er Artus beim Festmahl beobachtete.

„Es ist das Schicksal", antwortete Sir Lancelot, ein junger, aber bereits berühmter Ritter. „Und ich habe gehört, er ist ein exzellenter Schwertkämpfer."

Und in der Tat, Artus musste seine Fähigkeiten bald unter Beweis stellen. Einige feindliche Lords erhoben sich gegen ihn, aber mit seiner Tapferkeit und Geschicklichkeit siegte er in mehreren Schlachten und gewann den Respekt vieler.

Merlin, immer an seiner Seite, beriet Artus in schwierigen Zeiten. „Hör mir zu, Artus. Um dieses Königreich zu vereinen, brauchst du nicht nur Stärke, sondern auch Weisheit und einen Plan."

„Was schlägst du vor, Merlin?", fragte Artus.

„Gründe die Tafelrunde. Lade die tapfersten und edelsten Ritter ein. Mit ihrer Hilfe kannst du Frieden und Gerechtigkeit in diesem Land fördern."

Artus befolgte Merlins Rat und gründete die Tafelrunde. Bald schlossen sich ihm die tapfersten Ritter an, darunter Sir Lancelot, Sir Gawain und Sir Percival. Mit dieser vereinten Macht hinter ihm, erlebte das Königreich eine Zeit des Friedens und Wohlstands.

In dieser Zeit der Freude heiratete Artus Guinevere, die Tochter des Königs von Leodegrance. Sie war eine Schönheit mit einem Herzen aus Gold und wurde schnell von allen geliebt.

Doch trotz des scheinbaren Friedens warnte Merlin Artus. „Du musst wachsam bleiben, junger König. Verrat kann von dort kommen, wo man ihn am wenigsten erwartet."

„Was meinst du, Merlin?", fragte Artus besorgt.

„Nicht alle sind mit deiner Herrschaft zufrieden. Du musst deinen Freunden vertrauen, aber auch wachsam bleiben", erklärte Merlin.

Die Ritter der Tafelrunde bestanden viele Abenteuer und Gefahren. Sie kämpften gegen Drachen, retteten Jungfrauen und suchten heilige Relikte. Mit jedem Abenteuer wuchs ihr Ansehen, aber auch die Spannungen unter ihnen.

„Warum bekommt Lancelot immer die besten Aufgaben?", beschwerte sich Sir Mordred eines Tages.

„Weil er der tapferste von uns ist", antwortete Sir Gawain.

„Oder weil er Artus' Liebling ist", murmelte Mordred mit einem funkelnden Blick.

Artus spürte die wachsende Eifersucht unter den Rittern. „Wir müssen zusammenhalten", sagte er eines Tages bei einem Treffen der Tafelrunde. „Unsere Stärke liegt in unserer Einheit. Lassen wir nicht zu, dass Neid und Eifersucht uns teilen."

Die Ritter nickten zustimmend, aber in ihren Herzen wussten viele, dass wahre Prüfungen und Herausforderungen noch bevorstanden. Das Königreich war zwar geeint, aber der Frieden war zerbrechlich, und Artus würde all seine Stärke und Weisheit brauchen, um es zu bewahren.

Adlige, der/die (pl. Adligen) - noble, aristocrat

beschweren, sich - to complain

bestanden, (etwas) (verb) - passed, endured (something)

Eifersucht, die - jealousy

Ereignisse, die (pl.) - events, happenings

erheben, sich (gegen jemanden) - to rise up (against someone)

erwarten, (etwas von jemandem) - to expect (something from someone)

Geschicklichkeit, die - skill, dexterity

Herausforderungen, die (pl.) - challenges

Jungfrauen, die (pl.) - maidens

Neid, der - envy

Prüfungen, die (pl.) - tests, trials

Rat, der (Ratschlag) - advice, counsel

Relikte, die (pl.) - relics

Schicksal, das - fate, destiny

schließen sich an, (sich jemandem) (verb) - to join (someone)

Schönheit, die - beauty

Spannungen, die (pl.) - tensions

Tafelrunde, die - Round Table

tapfer, (adj.) - brave

treffen, das (Meeting) - meeting

verrat, der - betrayal, treason

wachsam, (adj.) - vigilant, watchful

Weisheit, die - wisdom

zerbrechlich, (adj.) - fragile

3. Die Suche nach dem Heiligen Gral

In Camelot versammelten sich die Ritter der Tafelrunde um König Artus. Die Luft im Saal war erfüllt von einer Mischung aus Aufregung und Ehrfurcht, als die Legende des Heiligen Grals besprochen wurde.

„Der Heilige Gral", begann Sir Gawain, „ist ein mysteriöses Relikt von unermesslicher Kraft. Es heißt, er könne das ganze Land heilen und stärken."

Artus, der mit leuchtenden Augen zuhörte, richtete sich auf. „Meine treuen Ritter, diese Suche könnte das größte Abenteuer unserer Zeit sein. Ich ermutige euch, den Gral zu suchen, um unser Königreich zu stärken."

Die Ritter reagierten mit Begeisterung. Lancelot, Galahad und Percival waren unter den Ersten, die sich auf die Suche machten. Jeder von ihnen war entschlossen, den Gral zu finden und damit das Königreich zu ehren.

Die Reisen der Ritter waren voller Herausforderungen. Lancelot kämpfte gegen Drachen und Riesen, Percival begegnete mystischen Kreaturen, und Galahad, der als reinster der Ritter galt, fand sich auf einem Pfad voller spiritueller Prüfungen wieder.

Eines Tages, in einer verlassenen Kapelle, erblickte Galahad den Gral, umhüllt von einem himmlischen Licht. „Das ist es", flüsterte er. „Der Heilige Gral." Aber als er sich näherte, verschwand der Gral plötzlich. „Warum kann ich ihn nicht erreichen?", fragte er sich verzweifelt.

Währenddessen führten die unterschiedlichen Wege und Ziele der Ritter zu Konflikten. „Warum folgst du diesem Pfad, Lancelot?", fragte Gawain. „Der Gral soll in der entgegengesetzten Richtung sein."

„Mein Herz führt mich hierher", antwortete Lancelot. „Ich muss meinem eigenen Weg folgen."

Einige Ritter kehrten entmutigt und ohne Erfolg zurück nach Camelot. „Es ist ein unmögliches Unterfangen", gestand Sir Kay.

„Der Gral ist mehr als nur ein physisches Objekt. Es ist, als suche man nach einem Traum."

Artus, der die Rückkehr seiner Ritter beobachtete, erkannte die Bedeutung ihrer Reisen. „Diese Suche war mehr als nur die Jagd nach einem Relikt. Sie hat den wahren Charakter meiner Ritter offenbart."

Trotz der vielen Herausforderungen und Enttäuschungen blieb die Suche nach dem Gral eine Quelle von Inspiration und Lehren. „Vielleicht ist es nicht das Finden des Grals, das zählt, sondern das, was wir auf dem Weg dorthin über uns selbst lernen", sinnierte Artus.

Die Suche nach dem Heiligen Gral blieb unvollendet, doch die Lektionen und Erlebnisse, die die Ritter dabei sammelten, bereicherten das Königreich auf unerwartete Weise. In ihren Herzen wussten sie, dass die wahre Suche die nach innerer Weisheit und Stärke war.

Aufregung, die - excitement

Begeisterung, die - enthusiasm

Ehrfurcht, die - reverence, awe

Entmutigt, (adj.) - discouraged

Enttäuschungen, die (pl.) - disappointments

Erfolg, der - success

Erlebnisse, die (pl.) - experiences

Flüstern, (verb/noun) - to whisper / whisper

Gestehen, (verb) - to confess, to admit

Gral, der - Grail

Heilige Gral, der - Holy Grail

Heilen, (verb) - to heal

Herausforderungen, die (pl.) - challenges

Himmlisch, (adj.) - heavenly

Inspirieren, (verb) - to inspire

Jagd, die - hunt, chase

Kapelle, die - chapel

Konflikte, die (pl.) - conflicts

Lehren, die (pl.) - lessons, teachings

Lektionen, die (pl.) - lessons

Luft, die - air

Mischung, die - mixture

Pfad, der - path

Physisches, das (physisches Objekt) - physical (physical object)

Quelle, die - source

Riesen, die (pl.) - giants

Saal, der - hall

Sammeln, (verb) - to gather, to collect

Suche, die - search, quest

Traum, der - dream

Unermesslich, (adj.) - immeasurable

Unerwartet, (adj.) - unexpected

Unterfangen, das - venture, undertaking

Versammeln, (verb) - to gather, to assemble

Weisheit, die - wisdom

Zählen, (verb) - to count

Ziel, das - goal, target

Zurückkehren, (verb) - to return

4. Verrat und Untergang

Im Schatten der mächtigen Mauern von Camelot entfaltete sich eine Tragödie, die das ganze Königreich erschüttern sollte. Lancelot, der tapferste Ritter der Tafelrunde, und Guinevere, die Königin, hatten sich ineinander verliebt. Ihre verbotene Liebe blieb nicht lange ein Geheimnis.

„Guinevere", flüsterte Lancelot eines Nachts im Garten. „Was wir tun, ist gefährlich, aber ich kann nicht gegen mein Herz kämpfen."

„Ich auch nicht, Lancelot", erwiderte Guinevere sanft. „Aber was wird, wenn wir entdeckt werden?"

Ihre Befürchtungen wurden bald wahr, als Mordred, Artus' illegitimer Sohn, die Szene beobachtete. Mit einem finsteren Grinsen auf den Lippen wusste er, dass dies seine Chance war, Unruhe zu stiften.

Am nächsten Morgen trat Mordred vor den Königshof. „Mein König", rief er, „ich muss euch von einer schweren Untreue berichten. Lancelot und Königin Guinevere..."

Die Worte trafen Artus wie ein Schlag. „Das kann nicht sein", flüsterte er ungläubig.

Artus, der von dem Verrat tief getroffen war, forderte Gerechtigkeit. „Ich kann nicht anders", sagte er zu seinen Beratern. „Ich muss Guinevere verurteilen, auch wenn es mir das Herz bricht."

Unterdessen flüchtete Lancelot aus Camelot, getrieben von Scham und Schuld. „Ich habe alles zerstört", murmelte er auf seiner Flucht.

Mordred, der seine Chance sah, erhob Anspruch auf den Thron und sammelte eine Armee um sich. „Die Zeit des Königs Artus ist vorbei", verkündete er. „Ich werde Camelot führen."

Artus, obwohl tief verletzt, zog in den Krieg gegen seinen eigenen Sohn. „Es gibt keinen anderen Weg", sagte er zu seinen verbliebenen treuen Rittern. „Wir müssen Camelot vor Mordred retten."

Die Schlacht von Camlann war grausam und erbittert. Artus und Mordred standen sich im Kampf direkt gegenüber. „Du warst nie ein Sohn für mich, Mordred", rief Artus, als er sein Schwert schwang.

„Und du warst nie ein Vater für mich", schrie Mordred zurück und griff an.

In einem dramatischen Duell tötete Artus Mordred, wurde aber selbst schwer verletzt. Blutend und schwach lag er auf dem Schlachtfeld, umgeben von Tod und Zerstörung.

„Mein König", sagte Sir Bedivere, als er Artus fand. „Ihr müsst überleben."

„Bring mich nach Avalon", hauchte Artus schwach. „Vielleicht... gibt es dort Heilung."

Sir Bedivere half Artus auf ein Boot, und zusammen fuhren sie über das nebelverhangene Wasser, Richtung Avalon. Die Zukunft des Königs und seines Königreichs war ungewiss, und während das Boot im Nebel verschwand, blieb die Legende von König Artus, dem König, der eines Tages zurückkehren würde, in den Herzen der Menschen lebendig.

Anspruch, der - claim

Berater, der (pl. Berater) - advisor

Befürchtungen, die (pl.) - fears

Blutend, (adj.) - bleeding

Duell, das - duel

Eines Nachts - one night

Entdeckt, (verb) - discovered

Erbittert, (adj.) - bitter, fierce

Flüchten, (verb) - to flee

Gefährlich, (adj.) - dangerous

Heilung, die - healing

Illegitimer, (adj.) - illegitimate

Königshof, der - royal court

Murmeln, (verb) - to murmur

Nebelverhangen, (adj.) - fog-enshrouded

Richtung, die - direction

Sanft, (adj.) - gentle

Scham, die - shame

Schlag, der - blow, hit

Schlachtfeld, das - battlefield

Schuld, die - guilt

Schwer, (adj.) - heavy, serious

Schwer verletzt - seriously injured

Stiften, (verb) - to cause, to instigate

Überleben, (verb) - to survive

Ungewiss, (adj.) - uncertain

Untergang, der - downfall, demise

Untreue, die - infidelity, unfaithfulness

Verbotene, das (verbotene Liebe) - forbidden (forbidden love)

Verkünden, (verb) - to proclaim, to announce

Verletzt, (verb/adj.) - injured, hurt

Verurteilen, (verb) - to condemn, to judge

Zerstören, (verb) - to destroy

Zerstörung, die - destruction

5. Das Vermächtnis des Königs

Nachdem das Boot, das König Artus nach Avalon brachte, im Nebel verschwunden war, fiel das einst mächtige Camelot in Chaos und Verzweiflung. Die Ritter der Tafelrunde, einst Symbole der Einheit und Stärke, zerstreuten sich oder fanden in den unruhigen Zeiten ihren Tod.

In den Dörfern und Städten begannen die Menschen, Geschichten über König Artus zu erzählen. In den Tavernen und auf den Märkten hörte man die Bauern und Händler sagen: „Erinnert ihr euch an König Artus, der mit Gerechtigkeit und Tapferkeit über uns herrschte?" Die Legenden um den edlen König breiteten sich aus wie ein Lauffeuer.

In einer bescheidenen Hütte saß Merlin, der große Zauberer, und lauschte den Geschichten, die die Leute über Artus erzählten. „Sie haben verstanden", murmelte er vor sich hin. „Seine Taten und sein Charakter leben in ihren Herzen weiter."

Die Suche nach dem Heiligen Gral, einst eine physische Suche der Ritter, wurde zu einem Symbol für spirituelle Suche und Erleuchtung. „Der Gral", so sagte ein alter Pilger auf seiner Reise, „ist nicht nur ein Becher. Es ist die Suche nach Wahrheit und Licht in uns selbst."

Guinevere, die einst stolze Königin von Camelot, hatte sich in ein Kloster zurückgezogen. Sie lebte in Reue und Gebet, stets denkend an ihre Liebe zu Lancelot und ihre Pflichten gegenüber Artus. „Ich bete für seine Seele", flüsterte sie in der Stille der Kapelle. „Möge er Frieden finden."

Lancelot, der einst größte Ritter seiner Zeit, hatte sich als Einsiedler in die Wildnis zurückgezogen. Gequält von Schuld und Schmerz lebte er ein Leben der Buße. „Ich habe meinen König und meinen besten Freund verraten", gestand er einem vorbeiziehenden Mönch. „Mein Leben ist jetzt der Reue gewidmet."

Inmitten all dieser Veränderungen und Tragödien blieb eine Hoffnung bestehen. Die Menschen sprachen davon, dass Artus eines Tages zurückkehren würde, in einer Zeit größter Not, um sein Volk zu retten. „Er wird zurückkehren", sagte ein alter Ritter, der einst unter Artus diente, zu einem Jungen, der gebannt seinen Geschichten lauschte. „Der König hat sein Volk nie wirklich verlassen."

Die Legende von König Artus überdauerte Jahrhunderte. Sie wurde ein Symbol für Idealismus und Hoffnung, ein Leuchtfeuer in dunklen Zeiten. Geschichten von seiner Tapferkeit, seiner Gerechtigkeit und Weisheit wurden von Generation zu Generation weitergegeben, eine immerwährende Erinnerung an den größten König, den Britannien je gesehen hatte.

In einer klaren Sternennacht, hoch oben auf den Mauern der Ruinen von Camelot, stand ein alter Wächter und blickte in den Himmel. „Dein Vermächtnis lebt weiter, Artus", flüsterte er in den Wind. „In unseren Herzen, in unseren Taten. Camelot mag gefallen sein, aber die Träume, die du uns gegeben hast, leben ewig."

Und so, obwohl König Artus nicht mehr unter ihnen weilte, blieb sein Geist ein lebendiger Teil der Geschichte und des Herzens jedes Menschen, der die Geschichten von Camelot, der Tafelrunde, der Suche nach dem Heiligen Gral und dem großen König Artus hörte und weitererzählte.

Bauern, die (pl.) - peasants, farmers

Bescheiden, (adj.) - modest

Buße, die - penance

Einsiedler, der - hermit

Erinnert, (verb) - remember

Erlaubnis, die - permission

Ewig, (adj.) - eternal

Gebannt, (adj.) - captivated

Gebet, das - prayer

Gegründet, (verb) - founded

Gelebt, (verb) - lived

Geschichten, die (pl.) - stories, tales

Gestand, (verb) - confessed

Gewidmet, (verb/adj.) - dedicated

Herrschte, (verb) - ruled

Hütte, die - hut, cabin

Kapelle, die - chapel

Kloster, das - monastery

Lauschte, (verb) - listened

Lebendiger, (adj.) - living, lively

Leuchtfeuer, das - beacon

Märkten, die (pl.) - markets

Mauern, die (pl.) - walls

Mönch, der - monk

Not, die - need, distress

Reise, die - journey, trip

Reue, die - remorse, regret

Rückgezogen, (verb/adj.) - withdrawn, retreated

Stille, die - silence

Stolze, (adj.) - proud

Suche, die - search

Symbol, das - symbol

Tapferkeit, die - bravery, courage

Tavernen, die (pl.) - taverns

Träume, die (pl.) - dreams

Überdauerte, (verb) - survived, endured

Überleben, (verb) - to survive

Unruhigen, (adj.) - restless, turbulent

Vermächtnis, das - legacy

Verzweiflung, die - despair

Wächter, der - guard, watcher

Weilte, (verb) - dwelt, stayed

Weisheit, die - wisdom

Wildnis, die - wilderness

Zerstreuten, (verb) - scattered

Cú Chulainn

1. Die Geburt eines Helden

In den dunklen Hallen von Emain Macha, der prächtigen Festung in Ulster, saß König Conchobar mit seinen Beratern zusammen. Die Luft war erfüllt von flackerndem Kerzenschein und den tiefen Tönen ernster Gespräche. Plötzlich trat der Druide Cathbad ein, sein Blick geheimnisvoll und tief.

„Mein König," begann Cathbad mit einer Stimme, die durch die Halle hallte, „die Sterne haben gesprochen. Eine Prophezeiung ist uns zuteilgeworden. Bald wird ein Junge in Ulster geboren, dessen Kriegskunst und Stärke legendär sein werden. Er wird großes Ansehen, aber auch tiefes Leid über dieses Land bringen."

Conchobar, dessen Gesicht sich bei diesen Worten in Falten legte, nickte nachdenklich. „Ein Krieger von solcher Stärke könnte unser Königreich stärken. Wir müssen auf seine Ankunft vorbereitet sein."

Nicht weit von Emain Macha entfernt, in einem bescheideneren Haus, wachte Conchobars Schwester Dechtire eines Nachts auf, ihr Herz pochte wild. Sie hatte geträumt von Lugh, dem Gott des Lichts und der Fertigkeit, der zu ihr gesprochen hatte. Als sie sich umsah, war ihr Zimmer in ein geheimnisvolles, silbriges Licht getaucht.

„Meine Schwester, du wirkst beunruhigt. Was hat dich aus dem Schlaf gerissen?" fragte ihr Gatte Sualtam am nächsten Morgen, als sie bleich und nachdenklich am Frühstückstisch saß.

Dechtire schüttelte den Kopf. „Es war nur ein Traum, aber er fühlte sich so real an. Lugh sprach zu mir."

Die Monate vergingen, und eines Tages verschwand Dechtire spurlos. Ihre Familie und Freunde suchten sie überall, aber vergebens. Als sie fast ein Jahr später zurückkehrte, war sie nicht allein – an ihrer Seite war ein kleiner Junge, der ihre Augen hatte.

„Ich nenne ihn Sétanta," sagte sie sanft, als sie den Jungen Conchobar vorstellte.

Sétanta wuchs heran und war anders als die anderen Kinder. Er war stärker, schneller und geschickter. Seine Spiele waren oft kleine Heldentaten, und seine Fähigkeiten im Kampf waren schon in jungen Jahren bemerkenswert.

Als Sétanta sechs Jahre alt war, lud Culann, der Schmied, König Conchobar zu einem großen Fest ein. Sétanta, der gerade in einem aufregenden Spiel vertieft war, bat um Erlaubnis, später nachzukommen.

„Natürlich, mein Junge, aber vergiss nicht, rechtzeitig zu kommen," sagte Conchobar und machte sich auf den Weg.

Aber als das Fest begann, vergaß Conchobar in der Fröhlichkeit des Abends, Culann von Sétantas später Ankunft zu erzählen. Culanns Haus war bekannt für seinen gewaltigen Wachhund, der jeden Fremden angriff, der sich dem Anwesen näherte.

Spät in der Nacht erreichte Sétanta das Haus von Culann. Der Hund, ein riesiges, furchteinflößendes Tier, stürmte knurrend auf ihn zu, bereit, den Eindringling zu zerreißen. Doch Sétanta wich nicht zurück. Mit der Agilität und dem Mut eines geborenen Kriegers stellte er sich dem Tier und besiegte es mit seinen bloßen Händen, zum Erstaunen der Gäste, die herauskamen, um nach dem Lärm zu sehen.

Culann, der Schmied, trat vor, Tränen in den Augen, als er seinen treuen Hund am Boden liegen sah. „Mein Junge, was hast du getan? Mein Hund war der Beschützer meines Hauses."

Sétanta sah den traurigen Mann an und sagte ernst: „Ich verspreche, dein Haus zu beschützen, bis du einen neuen Wachhund hast. Ich werde dein Hüter sein."

Von diesem Tag an war Sétanta als Cú Chulainn, der Hund des Culann, bekannt. Seine Taten und sein unerschütterlicher Mut machten ihn bald zu einer Legende in Ulster. Doch das war erst der Anfang seiner Geschichte, einer Geschichte von Heldentum und Tragödie, die die Zeit überdauern würde.

Agilität, die - agility

Ansehen, das - reputation, esteem

Anwesen, das - estate, property

Aufregend, (adj.) - exciting

Beschützer, der - protector

Bleich, (adj.) - pale

Eindringling, der - intruder

Erstaunen, das - amazement, astonishment

Erwachen, (verb) - to wake up

Fertigkeit, die - skill

Flackernd, (adj.) - flickering

Fröhlichkeit, die - joy, merriness

Geboren, (adj.) - born

Geschickter, (adj.) - more skilled

Heldentum, das - heroism

Heranwachsen, (verb) - to grow up

Hüter, der - guardian

Kampfkunst, die - martial art, art of combat

Kerzenschein, der - candlelight

Nachdenklich, (adj.) - thoughtful

Poche, (verb) - to throb

Prophezeiung, die - prophecy

Riese, der - giant

Schicksal, das - destiny

Schmied, der - blacksmith

Spurlos, (adj.) - without a trace

Stärke, die - strength

Stürmen, (verb) - to storm, to rush

Taten, die (pl.) - deeds, actions

Tief, (adj.) - deep

Treuer, (adj.) - faithful, loyal

Überdauern, (verb) - to endure, to last

Unerschütterlich, (adj.) - unshakeable, steadfast

Verblüfft, (adj.) - astonished

Vergeblich, (adj.) - in vain

Versetzen, (verb) - to relocate, to move

Wachhund, der - guard dog

Zerreißen, (verb) - to tear apart

Zuversichtlich, (adj.) - confident

Zuteilwerden, (verb) - to be bestowed upon

Zusammenkunft, die - meeting, gathering

2. Der Aufstieg von Cú Chulainn

Nachdem Sétanta, nun als Cú Chulainn bekannt, den mächtigen Wachhund des Schmieds Culann bezwungen hatte, verbreitete sich die Kunde seiner Tapferkeit schnell im ganzen Land. Culann, der zuerst von Trauer über den Verlust seines geliebten Hundes ergriffen war, erkannte bald den Mut und die außergewöhnlichen Fähigkeiten des Jungen.

„Ich verstehe, dass du keine andere Wahl hattest, junger Krieger," sagte Culann, seine Augen auf Cú Chulainn gerichtet, der ernst und entschlossen vor ihm stand. „Dein Mut ist bewundernswert, und ich sehe, dass meine Worte dich beschäftigt haben."

Cú Chulainn nickte. „Ich werde als dein Wächter dienen, bis ein neuer Hund ausgebildet ist. Das ist mein Versprechen an dich."

Dieses ehrwürdige Versprechen und sein neuer Name machten Cú Chulainn im Königreich Ulster zu einer Berühmtheit. Sein Ruf als unerschrockener Krieger erreichte bald Fergus mac Róich, einen legendären Krieger und Lehrer der Kampfkunst.

Fergus, beeindruckt von Cú Chulainns Geschichten, bot ihm an, ihn in den Künsten des Kampfes zu unterrichten. „Du hast bereits bewiesen, dass du ein großes Herz und Mut hast, aber es braucht mehr, um ein wahrer Krieger zu sein."

Unter Fergus' strengem Blick erlernte Cú Chulainn das Fechten, das Bogenschießen und die Kunst des Krieges. Er wurde schnell zu einem Meister in jeder Disziplin, seine Fähigkeiten übertrafen sogar die seiner Lehrer.

Eines Tages, während eines Besuchs bei Goibniu, dem Schmiedegott, erhielt Cú Chulainn magische Waffen – ein unzerstörbares Schwert und einen Speer, der nie sein Ziel verfehlte. „Mit diesen Waffen," sagte Goibniu, „wirst du unbesiegbar sein, solange dein Herz rein und dein Mut unerschütterlich ist."

In dieser Zeit entflammte eine tiefe Liebe in Cú Chulainns Herzen. Emer, die Tochter eines Chieftains, bekannt für ihre Schönheit und Klugheit, hatte es ihm angetan. Er suchte ihren Vater auf, um um ihre Hand anzuhalten.

„Du bist ein mutiger Krieger, Cú Chulainn," sagte der Chieftain, „aber um Emer zur Frau zu nehmen, musst du dich mehreren Herausforderungen stellen."

Entschlossen nahm Cú Chulainn jede Herausforderung an – von gefährlichen Abenteuern bis hin zu Kämpfen gegen übermächtige Gegner. Jede Prüfung stärkte seinen Geist und seinen Körper und festigte seinen Ruf als einer der größten Krieger Irlands.

Nachdem er alle Herausforderungen gemeistert hatte, kehrte Cú Chulainn zu Emer zurück. In einer Zeremonie, die von Festlichkeiten und Jubel begleitet wurde, heirateten sie, vereint durch Liebe und Respekt.

„Du hast für unsere Liebe gekämpft wie kein anderer," sagte Emer, ihre Augen funkelten vor Stolz und Zuneigung. „Ich bin stolz, deine Frau zu sein."

Cú Chulainn, der nun an der Seite von Emer stand, blickte in die Zukunft, bereit, sein Land und seine Liebe zu verteidigen. Seine Legende wuchs weiter, und er wurde zu einem Symbol für Stärke, Ehre und unerschütterlichen Mut. Doch das Schicksal hatte noch viele Herausforderungen und Prüfungen für den großen Helden Cú Chulainn bereit.

Anhalten, (verb) - to propose, to ask for

Außergewöhnlich, (adj.) - extraordinary

Bezwingen, (verb) - to conquer, to defeat

Bogenschießen, das - archery

Ehrwürdig, (adj.) - venerable, honorable

Entflammen, (verb) - to ignite, to kindle

Entschlossen, (adj.) - determined, resolute

Fechten, das - fencing

Festlichkeiten, die (pl.) - festivities

Funkeln, (verb) - to sparkle, to twinkle

Gegner, der - opponent, adversary

Gemeistert, (verb, partizip) - mastered, overcome

Goibniu, - (Name)

Großes Herz, ein - great heart, courage

Herausforderung, die - challenge

Klugheit, die - wisdom, intelligence

Meister, der - master

Mut, der - courage, bravery

Schicksal, das - destiny, fate

Schmiedegott, der - god of smithing

Schönheit, die - beauty

Stolz, der - pride

Tapferkeit, die - bravery, valor

Trauer, die - mourning, sorrow

Übermächtig, (adj.) - overpowering, formidable

Unbesiegbar, (adj.) - invincible

Unerschrocken, (adj.) - undaunted, fearless

Unzerstörbar, (adj.) - indestructible

Verbunden, (adj.) - united, connected

Verlust, der - loss

Von ... ergriffen - seized by, gripped by

Zuneigung, die - affection

Zur Frau nehmen - to take as a wife

3. Der Rinderraub von Cooley

In jenen Tagen plante Königin Medb von Connacht einen kühnen Raub. Ihr Ziel war der magische Stier Donn Cuailnge, ein Tier von unvergleichlicher Stärke und Schönheit, das in Ulster weidete. Medb, getrieben von Stolz und Ehrgeiz, wollte diesen Stier um jeden Preis ihr Eigen nennen.

„Mit diesem Stier wird mein Reichtum unübertroffen sein," sagte sie zu ihren Beratern, die eifrig nickten. „Ulster soll zittern vor Neid."

Während Medb ihre Armee versammelte, lag über Ulster ein dunkler Fluch, der durch die Göttin Macha verhängt wurde. Alle Männer, außer dem jungen Helden Cú Chulainn, lagen in einem kraftlosen Schlaf und konnten nicht kämpfen.

Cú Chulainn, der von diesem Fluch verschont blieb, ergriff mutig die Verantwortung, Ulster zu verteidigen. „Ich werde allein kämpfen," erklärte er, „und kein Feind soll einen Fuß auf unser Land setzen."

Mit List, Geschick und der Stärke, die ihm seine magischen Waffen verliehen, hielt Cú Chulainn Medbs Armee auf. Jeden Tag forderte er einen ihrer besten Krieger zum Einzelkampf heraus. Medb, frustriert über den Verlauf der Dinge, sagte: „Dieser Junge ist mehr als ein Krieger. Er ist wie eine Naturgewalt."

Die Legende von Cú Chulainns Kriegswut, bekannt als „riastrad", verbreitete sich schnell unter den Kriegern. In diesem Zustand wurde er zu einer unaufhaltsamen Kraft, sein Blick allein genügte, um den mutigsten Krieger in Furcht erstarren zu lassen.

„Seine Stärke ist übermenschlich," flüsterten die Soldaten. „Es ist, als würde er sich in etwas Unmenschliches verwandeln."

Medb, immer entschlossen, den Stier zu erobern, schmiedete einen Plan, um Cú Chulainn mit Täuschung zu bezwingen. „Wir müssen ihn überlisten, denn auf dem Schlachtfeld können wir ihn nicht besiegen," sagte sie.

Sie sandte Boten zu Cú Chulainn, die ihm einen Waffenstillstand vorschlugen. Cú Chulainn, der von dem Verrat ahnte, akzeptierte zunächst, wurde aber bald misstrauisch. „Ihre Worte sind süß, aber ich traue ihnen nicht," murmelte er.

Seine Vorsicht erwies sich als berechtigt. In einem Hinterhalt griff Medbs Armee ihn an, doch Cú Chulainn, unerschrocken und unbezwingbar, kämpfte weiter. In diesen Kämpfen musste er auch gegen frühere Freunde und Verbündete antreten, was seinem Herzen große Qualen bereitete.

„Ich kämpfe für mein Land, auch wenn es bedeutet, gegen jene zu kämpfen, die ich einst als Freunde sah," sagte er mit trauriger Entschlossenheit, während er einen nach dem anderen besiegte.

Schließlich gelang es Medb, den magischen Stier zu stehlen. Doch der Erfolg war von kurzer Dauer. Auf dem Rückweg nach Connacht, erschöpft und geschwächt, starb der Stier.

Medb stand betrübt neben dem gefallenen Tier. „Was haben wir gewonnen?" fragte sie leise. „Dieser Krieg hat uns nichts als Leid gebracht."

Cú Chulainn, der von dem Tod des Stiers erfuhr, blickte auf das verwüstete Land. „Dieser Konflikt hat viele Leben gefordert, Freunde wie Feinde. Doch wir haben unsere Stärke und unseren Willen bewiesen."

Trotz des Verlustes wurde Cú Chulainns Mut und Standhaftigkeit in ganz Irland gefeiert. Er wurde zum Symbol des unerschütterlichen Willens und der Tapferkeit. Aber die Schatten des Krieges lagen schwer auf seinem Herzen, und er wusste, dass noch größere Herausforderungen vor ihm lagen.

Aufhaltsam, (adj.) - unstoppable

Berater, der - advisor, counselor

Betrübt, (adj.) - saddened, sorrowful

Boten, die (pl.) - messengers

Ehrgeiz, der - ambition

Einzelkampf, der - single combat

Erfuhr, (verb, past tense of erfahren) - learned, found out

Erobern, (verb) - to conquer

Erschöpft, (adj.) - exhausted

Fluch, der - curse

Gefallen, (verb, past participle) - fallen, died

Geschwächt, (adj.) - weakened

Göttin, die - goddess

Hinterhalt, der - ambush

Kriegswut, die - battle fury

Leid, das - sorrow, suffering

List, die - cunning, guile

Misstrauisch, (adj.) - suspicious

Naturgewalt, die - force of nature

Neid, der - envy

Qualen, die (pl.) - torments, agonies

Raub, der - robbery, raid

Rinderraub, der - cattle raid

Schmieden, (verb) - to forge, to devise

Stehlen, (verb) - to steal

Täuschung, die - deception

Überlegen, (verb) - to outwit, to outthink

Unaufhaltsam, (adj.) - unstoppable

Unübertroffen, (adj.) - unmatched, unsurpassed

Verbündete, die (pl.) - allies

Verhängen, (verb) - to impose, to inflict

Verlauf, der - course, progression

Verrat, der - betrayal, treason

Versammeln, (verb) - to assemble, to gather

Waffenstillstand, der - ceasefire, truce

Weiden, (verb) - to graze

Zittern, (verb) - to tremble, to shake

4. Die Todesprophezeiung

In den Tagen nach dem Rinderraub von Cooley kehrte keine Ruhe in das Leben von Cú Chulainn zurück. Dunkle Wolken hingen über seinem Schicksal, denn eine alte Prophezeiung, die von seinem bevorstehenden Tod kündete, begann sich zu erfüllen.

„Cú Chulainn," sagte ein Seher, der zu ihm kam, „die Zeichen sind klar. Dein Ende naht."

Cú Chulainn, dessen Herz bereits von vielen Schlachten gezeichnet war, lächelte nur müde. „Der Tod fürchtet sich vor mir, so wie meine Feinde."

Doch die Warnzeichen mehrten sich. Dreimal erschien ein Rabenpaar, und dreimal floß Blut aus dem Wasser, das er trank. Jedes Mal ignorierte Cú Chulainn diese Omen, fest entschlossen, seinem Schicksal die Stirn zu bieten.

Unterdessen verbündeten sich seine Feinde, getrieben von Rachsucht und dem Wunsch, den unbezwingbaren Krieger zu Fall zu bringen. Sie kannten seine Schwächen – die geasa, heilige Tabus, die auf ihm lagen und deren Bruch ihn verwundbar machen würde.

„Wir müssen schlau sein," sagte einer der Chieftains. „Seine Stärke ist enorm, aber auch er hat seine Schwächen."

Die Morrígan, die Göttin des Krieges, erschien Cú Chulainn in Gestalt einer schönen Frau. „Dein Ende ist nahe, großer Krieger," prophezeite sie. „Keine Schlacht kann das Unvermeidliche abwenden."

„Ich fürchte mich nicht vor dem Tod," entgegnete Cú Chulainn. „Mein Leben gehört dem Kampf und wenn ich fallen muss, dann werde ich dies mit Ehre tun."

Trotz der Warnungen und Prophezeiungen trat Cú Chulainn den Feinden mutig entgegen. Er kämpfte mit der Kraft und dem Geschick, die ihn berühmt gemacht hatten, aber die Zahl seiner Gegner war überwältigend.

In der Hitze des Gefechts schleuderte ein Feind, der die Kunst der Magie beherrschte, einen verzauberten Speer gegen Cú Chulainn. Der Speer durchbohrte ihn und fügte ihm eine tödliche Wunde zu.

„Ich darf nicht fallen," flüsterte Cú Chulainn schwach, als er spürte, wie seine Kraft schwand. In einem letzten Akt des Mutes und der Würde schleppte er sich zu einem nahen Stein und band sich daran, um im Stehen zu sterben.

Seine Feinde, die ihn umzingelten, wagten es nicht, sich ihm zu nähern, solange er noch stand. Sie warteten, beobachteten ihn, unfähig, den entscheidenden Schlag zu führen.

Stunden vergingen, in denen Cú Chulainn, an den Stein gefesselt, still und aufrecht stand. Die Sonne ging unter, und die Dunkelheit legte sich über das Schlachtfeld.

Schließlich landete ein Rabe auf Cú Chulainns Schulter. Erst dann erkannten seine Feinde, dass der größte Krieger Irlands tot war.

„Er steht noch immer," flüsterte einer von ihnen. „Selbst im Tod ist er unbesiegbar."

In den Tagen danach verbreitete sich die Kunde von Cú Chulainns Tod im ganzen Land. Menschen weinten um ihn, sowohl Freunde als auch Feinde. Sie erzählten sich Geschichten über seine Tapferkeit, seine Stärke und wie er bis zum letzten Atemzug gekämpft hatte.

Cú Chulainns Leben und Tod wurden zur Legende, zum Symbol für unerschütterliche Tapferkeit und Standhaftigkeit. Seine Geschichte lebte weiter, eine ewige Erinnerung an den Mann, der selbst im Angesicht des Todes nicht nachgab.

Beherrschte, (verb, past participle of beherrschen) - mastered

Durchbohrte, (verb, past tense of durchbohren) - pierced

Entgegen, (adv.) - towards, against

Entgegnete, (verb, past tense of entgegnen) - replied, retorted

Erschien, (verb, past tense of erscheinen) - appeared

Fesseln, (verb) - to tie up, to bind

Flüsterte, (verb, past tense of flüstern) - whispered

Fürchte mich, (verb phrase) - am afraid, fear

Gefecht, das - combat, battle

Geasa, die (pl.) - taboos, geis (singular: geas)

Gestalt, die - form, shape

Kunde, die - news, tidings

Mehrten, (verb, past tense of mehren) - increased, multiplied

Müde, (adj.) - tired, weary

Nahen, (verb) - to approach, to draw near

Omen, das - omen, sign

Prophezeiung, die - prophecy

Rabenpaar, das - pair of ravens

Rachsucht, die - vengeance, revengefulness

Schicksal, das - fate, destiny

Schleppte, (verb, past tense of schleppen) - dragged

Schwach, (adj.) - weak

Schwand, (verb, past tense of schwinden) - faded, diminished

Seher, der - seer, prophet

Tabus, die (pl.) - taboos

Todesprophezeiung, die - death prophecy

Umzingelten, (verb, past tense of umzingeln) - surrounded, encircled

Unbesiegbar, (adj.) - invincible, unconquerable

Unglaubliche, (adj.) - incredible, unbelievable

Unvermeidliche, das - the inevitable

Verzauberten, (verb, past participle of verzaubern) - enchanted, bewitched

Wunde, die - wound

Zeichen, das - sign, symbol

5. Das Erbe eines Helden

Die Nachricht von Cú Chulainns Tod verbreitete sich wie ein Lauffeuer durch Irland. Überall, von den nebelverhangenen Küsten bis zu den grünen Hügeln von Ulster, sprach man vom Ende des größten Kriegers, den das Land je gekannt hatte.

In den Dörfern und Städten versammelten sich die Menschen, um der Nachricht zu lauschen, die Boten und Reisende brachten. Die Trauer war groß und tief, und selbst die härtesten Krieger vergossen Tränen für den gefallenen Helden.

„Er war mehr als nur ein Krieger," sagte ein alter Mann in einer Taverne. „Er war das Herz von Ulster, der Schutz und die Ehre unseres Landes."

Auch seine Feinde, die ihn so lange bekämpft hatten, konnten nicht umhin, ihm Respekt zu zollen. In den Hallen von Connacht sprach Königin Medb: „Wir haben unseren größten Gegner verloren. Cú Chulainn war ein würdiger Krieger. Möge er in Frieden ruhen."

Geschichten über seine Taten und sein Heldentum wurden überall erzählt. Barden reisten von Dorf zu Dorf, um Lieder und Gedichte über Cú Chulainn zu singen. Seine Geschichten inspirierten junge und alte Zuhörer gleichermaßen.

„Eines Tages werde ich auch ein großer Krieger wie Cú Chulainn sein," schwor ein junger Junge, der von den Geschichten fasziniert war. „Er ist mein Vorbild."

In Ulster wurden Cú Chulainns Waffen und Rüstung zu heiligen Relikten erklärt. Sie wurden in der Halle des Königs ausgestellt, wo Menschen aus ganz Irland kamen, um sie zu sehen und zu ehren.

Emer, seine geliebte Frau, war am meisten von allen betroffen. Sie verbrachte ihre Tage in stiller Trauer, umgeben von Erinnerungen an die Liebe, die sie geteilt hatten.

„Er war nicht nur mein Geliebter, sondern auch mein bester Freund," sagte sie zu einer Gruppe junger Mädchen, die gekommen waren, um ihr Trost zu spenden. „Seine Tapferkeit und sein Mut waren unübertroffen, aber es war sein großes Herz, das ich am meisten geliebt habe."

In dieser Zeit besuchte Merlin, der weise Zauberer, Ulster. Er sprach zu den Menschen, die sich versammelt hatten, um von ihm Rat und Trost zu erhalten.

„Cú Chulainns Geist wird in dunklen Zeiten zurückkehren, um uns zu führen und zu beschützen," prophezeite Merlin. „Sein Vermächtnis ist unsterblich, und seine Geschichte wird immer ein Leuchtfeuer der Hoffnung und des Mutes sein."

Die Legende von Cú Chulainn lebte weiter, inspirierend und mahnend zugleich. Sein Name wurde synonym für Tapferkeit und Ehre, und seine Geschichte wurde von Generation zu Generation weitererzählt. Cú Chulainn war nicht nur ein Held seiner Zeit, sondern ein ewiges Symbol des unerschütterlichen Geistes und der Stärke des irischen Volkes.

Barden, die (pl.) - bards

Beschützen, (verb) - to protect

Betonten, (verb, past tense of betonen) - emphasized

Bezugnehmend, (verb, present participle of beziehen) - referring, relating

Boten, die (pl.) - messengers

Emer, die - Emer (a name)

Erbe, das - heritage, legacy

Fasziniert, (adj.) - fascinated

Gedichte, die (pl.) - poems

Geist, der - spirit, ghost

Geteilt, (verb, past participle of teilen) - shared

Hallen, die (pl.) - halls

Hügeln, die (pl.) - hills

Kamen, (verb, past tense of kommen) - came

Lauffeuer, das - wildfire, rapidly spreading news

Leuchtfeuer, das - beacon, beacon of light

Mahnend, (adj.) - admonishing, warning

Neue, das - new (used in compounds)

Prophezeite, (verb, past tense of prophezeien) - prophesied

Relikte, die (pl.) - relics

Rüstung, die - armor

Schwur, der - oath, vow

Trost, der - comfort, consolation

Unerschütterlichen, (adj.) - unwavering, steadfast

Unsterblich, (adj.) - immortal

Vermächtnis, das - legacy

Versammelten, (verb, past tense of versammeln) - gathered

Verzauberter, (adj.) - enchanted, magical

Vorbild, das - role model, example

Waffen, die (pl.) - weapons

Zuhörer, die (pl.) - listeners, audience

Sankt Georg und der Drache

1. Der Drache von Silene

In der Stadt Silene herrschte eine erdrückende Stimmung. Ein furchterregender Drache hatte die Stadt unter seine Schreckensherrschaft gezwungen. Ursprünglich hatte das Ungeheuer täglich zwei Schafe verlangt, um den Frieden mit der Stadt zu bewahren. Doch nachdem die Schafherden erschöpft waren, begann der Drache, einen grausameren Tribut zu fordern: Menschenleben.

Jeden Morgen versammelten sich die Bürger von Silene auf dem zentralen Platz, wo das Los entscheiden sollte, wer geopfert werden musste. Selbst der König hatte versprochen, niemanden auszunehmen – nicht einmal seine eigene Tochter.

Das Unvorstellbare geschah, als eines Tages das Los auf die Prinzessin fiel. Der König, verzweifelt und voller Trauer, flehte das Volk an, eine Ausnahme zu machen. Doch die Bürger, geplagt von Angst und Ungerechtigkeit, bestanden darauf, dass auch die Prinzessin sich dem Schicksal stellen müsse.

Am Tag ihrer Opferung schritt die Prinzessin, in einem weißen Gewand gekleidet, zum See, wo der Drache lebte. Ihr Herz war schwer und Tränen füllten ihre Augen, als sie auf ihr grausames Schicksal wartete.

In diesem Moment erschien ein Ritter auf einem strahlend weißen Pferd am Horizont. Sein Harnisch glänzte in der Sonne, und seine Haltung strahlte Mut und Entschlossenheit aus. Er ritt direkt auf die Prinzessin zu.

„Seid Ihr es, die dem Drachen geopfert werden soll?", fragte er mit einer Stimme, die sowohl Sanftmut als auch Stärke offenbarte.

Die Prinzessin nickte, zu Tränen gerührt. „Ja, ich bin die Tochter des Königs, und heute ist mein letzter Tag."

Der Ritter stieg von seinem Pferd und ging auf sie zu. „Mein Name ist Georg. Ich bin ein Ritter, der durch diese Länder reist, und ich kann nicht zulassen, dass Ihr einem solchen Schicksal überlassen werdet."

„Aber was könnt Ihr tun? Niemand hat je den Drachen besiegt. Er ist zu mächtig, zu grausam", erwiderte die Prinzessin mit zitternder Stimme.

„Mit Gottes Hilfe werde ich ihn besiegen", sagte Georg entschlossen. „Ich kann Euch nicht versprechen, dass ich Erfolg haben werde, aber ich werde mein Leben einsetzen, um Eures zu retten."

Die Prinzessin sah in seinen Augen einen Funken Hoffnung. In diesem Moment erschütterte ein lautes Brüllen die Luft. Der Drache näherte sich, die Erde bebte unter seinen mächtigen Schritten.

Georg zog sein Schwert und stellte sich zwischen die Prinzessin und das herannahende Ungeheuer. „Geht hinter mich, Hoheit. Ich werde euch beschützen."

Die Prinzessin trat zurück, während Georg sich zum Kampf bereit machte. Das Herz der Prinzessin schlug heftig, als sie den mutigen Ritter beobachtete, der sich dem schrecklichsten aller Gegner stellte – zum Schutz einer Person, die er gerade erst kennengelernt hatte.

In der Stadt Silene erzählte man sich noch Jahre später von dem Tag, an dem ein mutiger Ritter auf einem weißen Pferd erschien und sich dem Drachen von Silene stellte. Es war der Beginn einer Legende, die durch die Zeiten hallen sollte – die Legende von Sankt Georg und dem Drachen.

Angst, die - fear

Ausnahme, die - exception

Bebte, (verb, past tense of beben) - trembled, quaked

Besiegt, (verb, past participle of besiegen) - defeated

Brüllen, das - roar, bellow

Bürger, die (pl.) - citizens

Einsetzen, (verb) - to use, to employ

Erschöpft, (adj.) - exhausted

Erwiderte, (verb, past tense of erwidern) - replied, retorted

Flehte, (verb, past tense of flehen) - pleaded, begged

Funken, der - spark

Gekleidet, (verb, past participle of kleiden) - dressed, clothed

Geopfert, (verb, past participle of opfern) - sacrificed

Gewand, das - robe, garment

Haltung, die - posture, attitude

Harnisch, der - armor, harness

Herannahende, (adj.) - approaching

Hoheit, die - highness, majesty

Kennengelernt, (verb, past participle of kennenlernen) - met, got to know

Los, das - lot, fate

Mut, der - courage, bravery

Opferung, die - sacrifice

Sanftmut, die - gentleness

Schicksal, das - fate, destiny

Schreckensherrschaft, die - reign of terror

Schritten, die (pl.) - steps

Schwankend, (adj.) - faltering, staggering

Schwer, (adj.) - heavy

Seid (form of sein) - are (formal)

Strahlend, (adj.) - radiant, beaming

Streich, der - stroke, act

Unvorstellbare, das - unimaginable

Verlangt, (verb, past participle of verlangen) - demanded

Verzweifelt, (adj.) - desperate

2. Die Begegnung mit dem Drachen

Georg betrachtete die riesige Gestalt, die aus den dunklen Tiefen des Sees auftauchte. Das Wasser plätscherte und brodelte um das Ungeheuer, als es sich auf seine Hinterbeine erhob, riesig und furchteinflößend. Die Prinzessin, die sich hinter ihm befand, flüsterte eine Warnung: „Seid vorsichtig, Sir Georg. Dieser Drache hat schon viele mutige Männer in den Tod geführt."

Georg drehte sich kurz zu ihr um und lächelte beruhigend. „Fürchtet Euch nicht, Hoheit. Mit Gottes Hilfe werde ich diesen Kampf gewinnen." Er zog seinen Umhang ab und reichte ihn der Prinzessin. „Versteckt Euch dahinter. Er wird Euch vor dem Feuer schützen."

Die Prinzessin griff nach dem Umhang, ihre Hände zitterten. „Ich werde für Euch beten", flüsterte sie.

Georg nickte und wandte sich wieder dem Drachen zu, der nun mit einem ohrenbetäubenden Brüllen den Kampf ankündigte. Der Ritter zog sein Schwert und hielt es fest in seiner Hand, bereit, das Ungeheuer zu bekämpfen.

Der Drache spie Flammen, eine glühende Hitze erfüllte die Luft. Georg wich geschickt aus und schritt vorwärts, entschlossen, sich dem Tier zu stellen. Mit einem kraftvollen Schlag seines Schwertes traf er den Drachen, aber die Schuppen des Tieres waren hart wie Stahl.

„Du bist mutig, Mensch", zischte der Drache, seine Stimme grollend wie ein Donner. „Aber du kannst mich nicht besiegen."

„Wir werden sehen", rief Georg und griff erneut an. Die Prinzessin beobachtete den Kampf hinter dem Umhang, ihre Augen erfüllt von Furcht und Hoffnung.

Georg und der Drache kämpften erbittert, die Erde bebte unter ihren Füßen. Jeder Schlag von Georg wurde von dem Drachen mit einer Flammenwelle beantwortet. Doch Georg ließ sich nicht beirren. Er wich aus, sprang und schlug mit seinem Schwert zu, immer wieder.

Endlich gelang es ihm, eine Schwachstelle in der Panzerung des Drachens zu finden. Mit einem gewaltigen Schlag durchdrang sein Schwert die Schuppen des Drachen und fügte ihm eine schwere Wunde zu. Der Drache schrie auf, ein markerschütternder Laut, der durch die Lüfte hallte.

Blutend und geschwächt zog sich der Drache zurück, aber Georg folgte ihm. Er wusste, dass er keine Ruhe geben durfte, bis das Ungeheuer besiegt war.

Ankündigte, (verb, past tense of ankündigen) - announced, declared

Augenblick, der - moment, instant

Bebte, (verb, past tense of beben) - trembled, quaked

Bekämpfen, (verb) - to fight, to combat

Blutend, (adj.) - bleeding

Dankbarkeit, die - gratitude, thankfulness

Drachentöter, der - dragon slayer

Eilte, (verb, past tense of eilen) - hurried, rushed

Empfand, (verb, past tense of empfinden) - felt, experienced

Erleichterung, die - relief

Erbittert, (adj.) - fierce, bitter

Geschwächt, (adj.) - weakened, debilitated

Glühende, (adj.) - glowing, fiery

Grollend, (adj.) - rumbling, growling

Hinab, (adv.) - down, downwards

Hinterbeine, die (pl.) - hind legs

Kraftvollen, (adj.) - powerful, forceful

Lauffeuer, das - wildfire (figuratively: rapid spread)

Markerschütternder, (adj.) - earth-shattering, piercing

Nachsetzte, (verb, past tense of nachsetzen) - pursued, followed up

Ohrenbetäubenden, (adj.) - deafening

Panzerung, die - armor, plating

Schwachstelle, die - weak spot, vulnerability

Schwank, der - saga, tale

Schweren, (adj.) - heavy, severe

Spie, (verb, past tense of speien) - spewed, spit

Sterbend, (adj.) - dying, expiring

Tapferkeit, die - bravery, courage

Tiefen, die (pl.) - depths

Umhang, der - cloak, cape

Unrecht, das - injustice, wrong

Verblassen, (verb) - to fade, to wane

Verteidigen, (verb) - to defend

Vorwärts, (adv.) - forward

Warnung, die - warning, caution

Widersacher, der - adversary, opponent

Wunde, die - wound, injury

Zischte, (verb, past tense of zischen) - hissed

Zitterten, (verb, past tense of zittern) - trembled, shook

Zu Fall brachte, (phrase, past tense of zu Fall bringen) - brought down

3. Die Rettung der Prinzessin

Die Sonne stand bereits tief am Horizont, als Georg den Drachen in die Berge verfolgte. Der Pfad war steil und unwegsam, doch Georg ließ sich nicht beirren. Der Drache, geschwächt von der schweren Wunde, versuchte verzweifelt zu entkommen, spie Feuer und schlug mit seinen mächtigen Klauen nach Georg.

Georg, unerschütterlich in seinem Vorhaben, wich geschickt jedem Angriff aus. Er wusste, dass er nur eine Chance hatte, das Ungeheuer zu besiegen. Mit einem gezielten Blick suchte er nach der Schwachstelle in der schimmernden Panzerung des Drachens.

Plötzlich sah er sie - eine kleine, ungeschützte Stelle direkt über dem Herzen des Drachens. Mit einem kühnen Sprung schwang Georg sein Schwert und traf den Drachen genau dort. Das Ungeheuer stieß einen durchdringenden Schrei aus, ein Laut so verzweifelt und endgültig, dass er in den Bergen widerhallte.

Der Drache sackte zusammen, sein gewaltiger Körper fiel zu Boden, die Erde bebte unter seinem Gewicht. Er war tot.

In der Ferne, auf einem Hügel, hatte die Prinzessin das gesamte Geschehen beobachtet. Tränen der Erleichterung und des Glücks liefen über ihre Wangen, als sie sah, wie Georg siegreich neben dem leblosen Körper des Drachens stand. „Er hat es geschafft", flüsterte sie.

Georg kehrte zu der Prinzessin zurück, sein Gesicht zeigte Spuren der Anstrengung und des Kampfes, aber seine Augen leuchteten vor Siegesgewissheit. „Hoheit, der Drache ist besiegt. Silene ist frei", sagte er mit fester Stimme.

Die Prinzessin rannte auf Georg zu und umarmte ihn. „Ihr habt unser Land gerettet. Ich weiß nicht, wie ich Euch jemals danken kann", sagte sie, Tränen der Dankbarkeit in ihren Augen.

Gemeinsam kehrten sie nach Silene zurück. Die Nachricht von Georgs Sieg hatte sich schnell verbreitet, und eine Menschenmenge hatte sich versammelt, um den Helden und die gerettete Prinzessin zu empfangen. Jubelrufe und Applaus erfüllten die Luft, als sie durch die Straßen ritten.

Der König, überglücklich seine Tochter sicher und wohlbehalten zu sehen, kam auf Georg zu. „Ihr habt das Unmögliche vollbracht, Sir Georg. Sagt mir, was Ihr begehrt, und es soll Euch gewährt werden. Reichtum, Land, eine Position bei Hofe – alles steht Euch offen."

Georg, demütig in seinem Sieg, schüttelte den Kopf. „Majestät, ich begehre keinen Reichtum oder Ehre für mich. Aber ich habe eine Bitte. Ich wünsche mir, dass in Silene eine Kirche zu Ehren der Jungfrau Maria errichtet wird, als Zeichen unseres Dankes und als Ort der Zuflucht und des Gebets."

Der König nickte. „Euer Wunsch soll erfüllt werden, Sir Georg. Eure Tat wird in Erinnerung bleiben, und diese Kirche wird ein Zeichen unseres Dankes sein."

So endete die Geschichte des Drachens von Silene. Georg, der mutige Ritter, wurde nicht nur als Held gefeiert, sondern auch als Mann von tiefem Glauben und Bescheidenheit. Sein Name und seine Tat lebten in den Geschichten und Liedern der Menschen weiter, ein Symbol der Hoffnung, des Mutes und des Glaubens.

Die Prinzessin und die Menschen von Silene lebten fortan in Frieden, und die Kirche, die zu Ehren der Jungfrau Maria errichtet wurde, stand als ständige Erinnerung an den mutigen Ritter, der ihr Land und ihre Prinzessin gerettet hatte.

Anstrengung, die - effort, exertion

Applaus, der - applause

Begehrt, (verb, past participle of begehren) - desired, longed for

Bescheidenheit, die - modesty, humility

Demütig, (adj.) - humble, modest

Durchdringenden, (adj.) - piercing, penetrating

Empfangen, (verb, past participle of empfangen) - to receive, to welcome

Endgültig, (adj.) - final, definitive

Errichtet, (verb, past participle of errichten) - erected, built

Ferne, die - distance, afar

Fester, (adj.) - firm, solid

Gebet, das - prayer

Gezielt, (adj.) - targeted, aimed

Glücks, das - happiness, fortune

Hügel, der - hill

Jubelrufe, die (pl.) - cheers, acclamations

Klauen, die (pl.) - claws

Leblosen, (adj.) - lifeless, inert

Menschenmenge, die - crowd of people

Reichtum, der - wealth, riches

Ritten, (verb, past tense of reiten) - rode (on horseback)

Sackte, (verb, past tense of sacken) - sagged, slumped

Schimmernden, (adj.) - shimmering, glistening

Siegesgewissheit, die - certainty of victory

Spuren, die (pl.) - traces, marks

Stände, die (pl.) - stands, positions

Ungeschützte, (adj.) - unprotected, unguarded

Unerschütterlich, (adj.) - unshakable, steadfast

Verfolgte, (verb, past tense of verfolgen) - pursued, followed

Verzweifelt, (adj.) - desperate, frantic

Vollbracht, (verb, past participle of vollbringen) - accomplished, achieved

Vorhaben, das - plan, intention

Wangen, die (pl.) - cheeks

Widerhallte, (verb, past tense of widerhallen) - echoed, resounded

Wohlbehalten, (adj.) - safe and sound

Zuflucht, die - refuge, sanctuary

4. Der Glaube des Ritters

In der Stadt Silene herrschte eine Atmosphäre der Ehrfurcht und Dankbarkeit. Der König hatte sein Versprechen gehalten, und der Bau der Kirche zu Ehren der Jungfrau Maria hatte begonnen. Georg, der mutige Ritter, der nicht nur die Prinzessin, sondern auch die ganze Stadt vor dem schrecklichen Drachen gerettet hatte, war nun ein gern gesehener Gast am königlichen Hof.

Eines Tages, als der Bau der Kirche bereits in vollem Gange war, versammelten sich die Bürger von Silene auf dem Marktplatz, um Georg zuzuhören. Der Ritter stand in ihrer Mitte, sein Blick ruhig und sein Gesicht von einer tiefen inneren Ruhe erfüllt.

„Meine lieben Freunde", begann Georg. „Ich stehe heute hier, nicht als ein Held, sondern als ein Diener Gottes. Es war mein Glaube, der mir die Kraft gab, den Drachen zu besiegen. Glaube an das Gute, Glaube an Gott."

Die Menschen lauschten gebannt. Viele von ihnen hatten in ihrem Leben nie über solche Dinge nachgedacht. Georgs Worte berührten ihre Herzen.

„Es ist der Glaube, der uns in den dunkelsten Stunden Hoffnung gibt. Der Glaube gibt uns die Kraft, das Unmögliche zu erreichen", fuhr Georg fort.

Im Laufe der folgenden Wochen arbeitete Georg unermüdlich am Bau der Kirche. Er trug Steine, mischte Mörtel und arbeitete Seite an Seite mit den Arbeitern. Sein Beispiel inspirierte viele Bürger von Silene, die zuvor nur Zuschauer waren. Sie begannen, sich ebenfalls an dem Bau zu beteiligen.

Während dieser Zeit erlebten die Menschen von Silene viele kleine Wunder. Kranke wurden geheilt, und an manchen Tagen schien die Sonne besonders hell über der Baustelle der Kirche. Diese Ereignisse stärkten ihren Glauben und ihre Überzeugung, dass der Bau der Kirche ein gesegnetes Unterfangen war.

Georg wurde nicht nur für seinen Mut, sondern auch für seinen tiefen Glauben und seine Demut verehrt. Nachrichten von seinen Taten und seiner frommen Lebensweise verbreiteten sich weit über die Grenzen von Silene hinaus, und viele Menschen kamen aus entfernten Ländern, um ihn zu sehen und von ihm zu lernen.

Doch trotz all der Verehrung und Bewunderung blieb Georg stets bescheiden. Er lehnte jede Form von Luxus ab und widmete sein Leben dem Dienst an Gott und den Menschen. Er half den Armen, tröstete die Trauernden und lehrte die Kinder.

Nach Monaten harter Arbeit wurde die Kirche schließlich fertiggestellt. Sie war ein wunderschönes Bauwerk, mit hohen Türmen und buntglasverzierten Fenstern, die Geschichten aus der Bibel darstellten. Am Tag der Einweihung versammelten sich alle Bürger von Silene, um dieses Ereignis zu feiern.

Nach der feierlichen Einweihungsmesse trat Georg vor die Gemeinde. „Meine Zeit in Silene neigt sich dem Ende zu", begann er. „Gott ruft mich an andere Orte, um seinen Willen zu tun. Aber ich werde Silene und seine Menschen nie vergessen. Ihr habt mir gezeigt, was es heißt, in Gemeinschaft zu leben und füreinander zu sorgen."

Tränen standen in den Augen vieler Zuhörer, als sie realisierten, dass ihr Held sie bald verlassen würde. Aber sie wussten auch, dass Georg einem höheren Ruf folgte.

Am nächsten Morgen, als die ersten Strahlen der Sonne über den Hügeln von Silene aufgingen, bestieg Georg sein treues Pferd und machte sich auf den Weg. Er hinterließ eine Stadt, die durch seinen Glauben und seine Taten transformiert worden war.

Die Legende von Georg, dem Drachentöter, und seinen wunderbaren Taten in Silene würde noch Generationen lang erzählt werden, ein ewiges Symbol für Mut, Glauben und die Macht der Gemeinschaft.

Bau, der - construction, building

Bauten, (verb, past participle of bauen) - built, constructed

Bewunderung, die - admiration, awe

Dienst, der - service, duty

Einweihung, die - inauguration, dedication

Einweihungsmesse, die - dedication mass

Ereignis, das - event, occurrence

Erlebten, (verb, past tense of erleben) - experienced, lived through

Ferne, die - far, distant

Form, die - form, shape

Frommen, (adj.) - pious, devout

Füreinander, (adv.) - for each other

Gebannt, (adj.) - spellbound, captivated

Gemeinde, die - community, congregation

Gemeinschaft, die - community, fellowship

Gesegnetes, (adj.) - blessed, sanctified

Gewidmet, (verb, past participle of widmen) - dedicated, devoted

Herrschte, (verb, past tense of herrschen) - reigned, prevailed

Hoch, (adv.) - high, tall

Jungfrau, die - virgin, maiden

Lebensweise, die - way of life, lifestyle

Mischte, (verb, past tense of mischen) - mixed

Möglich, (adj.) - possible

Mögliches, das - possible thing, possibility

Mörtel, der - mortar

Munter, (adj.) - lively, cheerful

Neigte, (verb, past tense of neigen) - inclined, tended

Neigung, die - inclination, tendency

Orte, der (pl. Orte) - places, locations

Rief, (verb, past tense of rufen) - called, shouted

Ruhen, (verb) - to rest, to reside

Ruf, der - call, reputation

Schließlich, (adv.) - finally, at last

Seitig, (adj.) - sided, lateral

Stärkten, (verb, past tense of stärken) - strengthened, fortified

Tiefen, (adj.) - deep, profound

Transformiert, (verb, past participle of transformieren) - transformed

Trauernden, der (pl. Trauernde) - mourners

Treues, (adj.) - faithful, loyal

Überzeugung, die - conviction, belief

Unmögliches, das - impossible thing, impossibility

Verehrt, (verb, past participle of verehren) - revered, worshipped

Wunderbare, das - wonderful, marvelous

Zuhörer, der (pl. Zuhörer) - listeners, audience

5. Der Abschied und das Vermächtnis

Die Morgensonne tauchte Silene in ein warmes Licht, als Georg, der tapfere Ritter und Drachentöter, die Entscheidung traf, die Stadt zu verlassen. Sein Herz war schwer, doch er wusste, dass seine Mission ihn an andere Orte führte, wo seine Hilfe benötigt wurde.

Die Nachricht von Georgs geplanter Abreise verbreitete sich schnell unter den Bürgern von Silene. Traurigkeit lag in der Luft, aber auch ein Gefühl des Stolzes. Der Mann, der ihr Leben gerettet und ihre Stadt verwandelt hatte, zog nun weiter, um anderen in Not zu helfen.

Der König von Silene, ein Mann, der durch Georgs Taten eine tiefe Wandlung erfahren hatte, lud den Ritter zu einem letzten Gespräch ein. „Georg, dein Mut und deine Weisheit haben unser Land verändert. Wir werden dir auf ewig dankbar sein", sagte der König mit einer Stimme, die von Emotionen erfüllt war.

„Eure Majestät", erwiderte Georg respektvoll, „es war mir eine Ehre, Silene dienen zu dürfen. Aber ich glaube, dass meine Aufgabe hier erfüllt ist. Andere brauchen nun meine Hilfe."

Neben ihrem Vater stand die Prinzessin, die junge Frau, die Georg vor dem schrecklichen Drachen gerettet hatte. Sie sah ihn mit einer Mischung aus Bewunderung und Traurigkeit an. „Georg", begann sie zögernd, „ich ... ich habe in dir nicht nur einen Retter, sondern auch einen Mann von großem Charakter und Güte gefunden. Ich ... ich habe dich liebgewonnen."

Georg, der ihr mit sanften Augen begegnete, legte eine Hand auf ihr Haupt. „Prinzessin, euer Mut und eure Stärke sind bewundernswert. Meine Liebe gehört jedoch meinem Rittergelübde und dem Dienst an Gott und den Menschen. Ihr werdet immer einen besonderen Platz in meinem Herzen haben."

Bevor Georg die Stadt verließ, segnete er die Prinzessin und die Menschen von Silene. Er ritt auf seinem treuen Pferd durch die Straßen, begleitet vom Applaus und den Tränen derer, deren Leben er berührt hatte.

Die Geschichte von Sankt Georg und dem Drachen verbreitete sich schnell in ganz Europa. In vielen Ländern wurde er als Symbol des Guten, das das Böse besiegt, verehrt. Kirchen und Kapellen wurden ihm zu Ehren erbaut, und in den Herzen der Menschen fand Georg einen besonderen Platz.

Jahrhunderte vergingen, und der Ruhm von Saint Georg, dem Drachentöter, wuchs weiter. Viele Länder und Gemeinschaften wählten ihn zu ihrem Schutzpatron, und seine Geschichte wurde von Generation zu Generation weitergegeben.

Heute, viele Jahrhunderte später, lebt die Legende von Sankt Georg und dem Drachen weiter. Sie wird erzählt als Symbol des Glaubens und des Mutes gegen alle Widrigkeiten, eine Inspiration für Menschen überall auf der Welt.

In der Stadt Silene steht bis heute eine prächtige Kirche, ein Monument von Georgs Glauben und der Dankbarkeit der Menschen, die er gerettet hatte. In ihrem Schatten erzählen die Älteren den Jüngeren die Geschichte des tapferen Ritters, der gegen einen Drachen kämpfte, eine Prinzessin rettete und seine Liebe zu Gott und den Menschen über alles stellte.

So endet die Legende von Saint Georg, dem Drachentöter, ein zeitloses Symbol für Hoffnung, Mut und den Triumph des Guten über das Böse.

Abreise, die - departure

Abschied, der - farewell, goodbye

Applaus, der - applause, clapping

Aufgabe, die - task, mission

Begleitet, (verb, past participle of begleiten) - accompanied, escorted

Berührt, (verb, past participle of berühren) - touched, affected

Besiegte, (verb, past tense of besiegen) - defeated, conquered

Bewundernswert, (adj.) - admirable, commendable

Böse, das - evil, bad

Dankbarkeit, die - gratitude, thankfulness

Drachentöter, der - dragon slayer

Erbaut, (verb, past participle of erbauen) - built, constructed

Erfahren, (verb, past participle of erfahren) - experienced, learned

Gemeinschaften, die (pl.) - communities, societies

Gerettet, (verb, past participle of retten) - saved, rescued

Glaubens, der - of faith, of belief

Haupt, das - head, main

Kapellen, die (pl.) - chapels

Liebgewonnen, (verb, past participle of liebgewinnen) - grown fond of, cherished

Monument, das - monument, memorial

Morgensonne, die - morning sun

Prächtige, (adj.) - magnificent, splendid

Retter, der - savior, rescuer

Rittergelübde, das - knight's vow

Ruhm, der - fame, glory

Sanften, (adj.) - gentle, soft

Schatten, der - shadow, shade

Schutzpatron, der - patron saint

Stolzes, das - pride

Symbol, das - symbol, emblem

Tapfere, (adj.) - brave, valiant

Triumph, der - triumph, victory

Verbietet, (verb, past participle of verbreiten) - spread, disseminate

Verlassen, (verb, past participle of verlassen) - left, abandoned

Vermächtnis, das - legacy, heritage

Wahlten, (verb, past tense of wählen) - chose, elected

Wandlung, die - transformation, change

Weiter, (adv.) - further, onward

Widrigkeiten, die (pl.) - adversities, difficulties

Zeitloses, (adj.) - timeless, ageless

German Graded Readers

For more books and E-book options visit:

www.briansmith.de